On s'ennuyait le dimanche

Pascal Sevran

On s'ennuyait le dimanche

JOURNAL V

Albin Michel

22, rue Huyghens, 75014 Paris
www.albin-michel.fr
ISBN 2-226-14971-6

Morterolles, 5 décembre 2002

« Monsieur le curé de la paroisse de Saint-Cyprien-l'Aumône étant retenu par d'autres obligations, la messe de minuit aura lieu à seize heures trente. » Je croyais que seul le curé de Morterolles avait « d'autres obligations » la nuit de Noël. Je m'en étonnais déjà l'an passé, mais non, Morterolles n'est exceptionnel en rien. Partout, c'est la même négligence qui prévaut, le même relâchement qui ne scandalise plus que quelques intégristes et moi, pauvre pécheur curieusement attaché au théâtre de Dieu, à ses ors, à ses pompes, sans lesquels la religion catholique ne tient pas debout. Aucune religion d'ailleurs ne tiendrait debout sans le décor, la musique, les parfums, les habits qui les incarnent et les sacralisent. Du vent sans cela, de l'art contemporain, rien ! Les croyants que n'effarent pas la déliquescence des rites et coutumes de leur Église ont ce qu'ils méritent : des messes de minuit à l'heure du thé et des curés en blue-jeans qui n'ont pas que ça à faire les soirs de réveillon. Un monde qui se déglingue ! Le nouvel évêque de Limoges se présente en blouson de cuir, col ouvert sur le parvis de sa cathédrale.

– C'est un gars du Nord, me dit Françoise, il est resté simple, vous savez, très près du peuple. On l'appelle Christophe. Il est très humain. Je n'allais quand même pas l'appeler Monseigneur.

C'est terrible, je vis entouré de gens qui trouvent normal d'appeler les évêques par leur prénom.

Morterolles, 6 décembre

Parler de lui indéfiniment, c'était ça mon idée de départ, écrire qu'il était unique au monde et que, partant de lui, je l'étais aussi. Parler de lui pour le garder dans ma bouche, écrire son prénom des milliards de fois, faire vibrer le « S » de Stéphane sous mes doigts, au creux de ma main droite, là où je le tenais à la merci de mes caresses, triomphant et soumis, comme il aimait que je l'aime.

Il aimait que je l'aime de toutes les façons.

Chaque année en hiver, il m'expliquait la différence entre les clémentines et les mandarines. Une affaire de pépins. Il jetait les écorces dans le feu de la cheminée, le salon embaumait l'odeur piquante et sucrée des fruits, et des pétales de roses séchées qu'il conservait dans un panier d'osier posé sur le radiateur de la cuisine. Il y avait des noix de son verger et des branches de houx.

Noël approchait. Nous étions heureux et nous savions pourquoi.

Paris, 7 décembre

Jean Ferrat, crinière blanche d'un patriarche revenu des montagnes et du vent, silhouette élancée de jeune homme, si beau vraiment qu'on lui pardonne sa moustache. Elle n'est d'ailleurs pas bien méchante. Il a une femme, Colette, celle exactement qu'on imaginait pour lui. On l'aime aussitôt qu'on la voit. Ils sont arrivés en flânant dans ce restaurant de poissons à deux pas de la Madeleine où nous avait conviés Gérard Meys, l'ami, le producteur de Jean et d'Isabelle Aubret qui était là aussi. Officiellement nous sommes fâchés, elle et moi, pour un mot de trop qu'elle n'a pas voulu retirer. Je l'ai embrassée quand même, le temps d'un soupir. Nous reprendrons notre querelle plus tard, on ne se dispute pas à la table de Jean Ferrat avec une chanteuse qui vient de perdre sa mère et qui pleure un peu.

Nous avons donc parlé de nos mères, de l'enfance de la mienne à Ivry sur la zone, dans la boue où s'élèvent aujourd'hui des « logements sociaux », criblés de paraboles tournées vers La Mecque.

Ferrat habite encore par-là, sur le toit d'une tour au onzième étage d'un immeuble banal où il se trouve bien.

La nuit, de sa terrasse, la vue sur la ville est prenante : les cheminées géantes de l'usine d'incinération des ordures qui crachent des nuages gris, les enseignes publicitaires qui s'affolent, le boulevard périphérique comme une interminable guirlande de Noël, et la capitale qui s'annonce à la porte de Bercy, la Seine qui arrive au loin et les tours de Notre-Dame qu'on aperçoit... un miracle !

Ferrat, en paysan de Paris, a le regard qui brille, l'homme de l'Ardèche a grandi dans la banlieue des petits jardins et des prolétaires du métro. Elle n'existe plus. Il en fera une chanson. Quand ? Il ne le sait pas. Voilà vingt-cinq ans que Ferrat prend le temps comme il va et que nous l'attendons. Hier, il se tenait près de nous, disponible et serein.

– Il paraît que tu habites l'île Saint-Louis. C'est l'adresse d'Aurélien, tu le sais ?

– Allons y faire un tour si tu veux, nous prendrons un verre en regardant passer les bateaux...

C'était la nuit dernière.

À mes fenêtres, Colette et Jean Ferrat ont regardé passer les bateaux, ils ont aimé se pencher sur la Seine et deviner, derrière la statue de sainte Geneviève, le pont d'Austerlitz, le Jardin des Plantes, Vitry et puis Ivry, Ivry à un envol de mouettes du quai d'Orléans où le fantôme d'Aragon rôde sur les pas d'Aurélien et de Stéphane...

– Il chantait « Ma môme » avec beaucoup de sensibilité, je le lui avais écrit, a dit Jean.

– Il était émouvant, a dit Colette.

Ce fut tout. Assez pour que mon cœur se serre en pensant à ce matin-là où Stéphane posa sur mon bureau la lettre de Ferrat.

C'est un faire-part aujourd'hui.

Paris, 16 décembre

Il a surgi de la petite foule qui venait de m'applaudir dans un dancing du bois de Vincennes, une frimousse rieuse. Que me voulait-il ? Pourquoi était-il venu se perdre ici un dimanche ? Un beau jeune homme obsédé par la mort : « Pas la mienne, me dit-il, celle des autres. Ça me bousille. »

Il a vingt-six ans, il a le temps, logiquement, de penser à la sienne. « S'il n'y a rien après, pourquoi avoir peur ?... et s'il y a quelque chose je n'ai aucune raison de m'inquiéter, je n'ai jamais fait de mal à personne. »

Alexandre veut chanter, il respire la vie. Sur le pont de la Tournelle, il a chanté pour nous la nuit dernière un air d'opéra-comique, comme ça, pour nous prouver qu'il était content. C'était comique et émouvant. Plus tard, beaucoup plus tard dans la soirée, au creux de mon canapé, à ma curiosité il a répondu :

– Je suis actuellement hétérosexuel à cent pour cent et pourtant...

Actuellement ?

Morterolles, 25 décembre

Réveillon chez la Baronne. Noël à son balcon surplombant la place du marché et l'église d'Aixe-sur-Vienne. Serge T. nous a photographiés en bras de chemise, accoudés à la balustrade décorée de guirlandes en papier. Nous serons beaux sur la photo, il a le don ce diable d'homme pour saisir notre sourire à la seconde même où il entrouvre nos lèvres, juste avant de nous faire paraître idiots, juste avant nos larmes.

Le baromètre indiquait plus de dix degrés, « un temps indigne de Noël », selon l'expression parfaitement de circonstance employée par un journaliste de France Inter, me vengeant ainsi de toutes les miss météo de la radio et de la télévision qui roucoulent de plaisir en nous promettant la canicule à longueur d'année.

« Noël au balcon, Pâques au tison. » Ce dicton, qui remonte à la nuit des temps, nous aurons à le vérifier au printemps prochain. De la neige en avril, de la neige partout, en juin, juillet, août, sur les bidonvilles de Calcutta, sur les montagnes d'ordures de Manille, au Sahel, sur tous les champs de bataille de la planète, de la neige. Que crève la vermine qui aime tant le soleil.

Morterolles, 27 décembre

Au cimetière de Saint-Pardoux, là où tout finit, où tout finira ; le marbrier. Encore lui ! Un homme plutôt jeune, plutôt blond. Il a sûrement une femme timide et deux petites filles polies, peut-être même un petit chien marron. On n'attend pas d'un marbrier qu'il soit original, mais quand même, une mine affligée serait bien, des façons un peu solennelles nous rassureraient, car rien n'est moins probable que de choisir une tombe, sa couleur, sa grandeur, sa forme. C'est avec lui qu'il y a quatre ans, effaré, j'ai fait cela, très vite : me choisir une tombe...

Hier, nous avions rendez-vous à seize heures pour qu'il me propose plusieurs façons de graver dans le marbre les noms de mon père et de Stéphane, leurs noms et deux dates pour résumer leur vie. À gauche celui de mon père : Jacques Jouhaud 1920-2002, à droite simplement le prénom de Stéphane 1963-1998, et en lettres dorées sur le haut de la stèle : Famille Jouhaud. Ce fut la sienne aussi.

– Je peux établir le devis maintenant m'a dit le marbrier. J'en ai pour une minute...

Il a posé son porte-documents, ses catalogues d'articles funéraires et son mètre sur la tombe voisine de la nôtre, il a sorti de la poche de son blouson une calculette en euros. Je l'ai regardé faire, tenant serrées contre moi les casquettes de mon père et de Stéphane. J'ai ramassé ma canne et j'ai dit oui. Le prix de leurs deux noms gravés ne m'a pas paru exorbitant. J'ai failli demander au marbrier ce qu'il m'en coûterait pour ajouter le nom de ma mère et le mien, avec nos dates de naissance. Il faut être bien malheureux, un peu perdus, pour que de telles idées nous viennent à l'esprit. Je le suis, mais je n'ai pas osé prendre le risque fou de tenter le diable. Le diable, c'est moi, à certains moments de mes jours et de mes nuits.

– Je viendrai faire les travaux après les fêtes, par temps sec. Au revoir, monsieur, et merci de votre confiance.

Le marbrier s'en est allé, le diable aussi.

Il est possible que ce soit lui qui finisse le travail. Je n'ai pas pu m'empêcher de l'imaginer dans ses œuvres, un burin au bout des doigts taillant le marbre une dernière fois à la place qui m'est réservée et que je lui ai désignée du bout de ma canne. Si je laisse mon pseudonyme sur quelques notes de musique, sur la couverture de quelques livres, ce sera beau ; mais je mourrai sous mon nom propre. Après celui de Stéphane, il faudra inscrire : Jean-Claude Jouhaud. On pourra ajouter P.S., des initiales choisies par moi à l'âge où l'on se croit immortel.

Morterolles, 1er janvier 2003

Jour de l'an, jour de lenteur. La guerre recommence demain, celle que les hommes mènent partout les uns contre les autres. Les vœux que nous avons formés la nuit dernière resteront pieux. Le malheur sera au rendez-vous, soyons-en sûrs. Nous allons chanter quand même, faire l'amour avec qui voudra de nous, nous allons dominer notre peur et nos chagrins. Nous allons vivre. Le ciel est sale, le vent au sud, il fait triste et doux. Je pourrais reprendre mot pour mot les premières lignes de la première page de ce journal qui en compte plus de deux mille aujourd'hui et que je commençais ici le 1er janvier 1999 par des considérations agacées sur le temps, avant d'en venir à lui qui s'était envolé et sans qui la vie me paraissait inimaginable. Elle l'est. Je ne pouvais plus parler, ni boire ni manger. Pierre S. s'inquiétait, il se souvient de m'avoir entendu lui répondre dans un souffle : « J'écris... »

Je n'ai pas cessé depuis quatre ans de chercher des mots assez justes, assez grands pour dire Stéphane, son amour de la vie, son courage devant la mort. Je vais continuer de mon mieux à lui rendre ce qu'il m'a donné, à le retenir vivant jusqu'au bout de mes forces qui ne tiennent qu'à lui. Lorsque je n'en peux plus de tourner au bord du vide, de me demander chaque matin en ouvrant les yeux si c'est possible de lui survivre, il surgit dans ma chambre pour se moquer de moi, alors je me redresse comme quand j'étais beau parce qu'il le voulait.

Morterolles, 2 janvier

Le quatrième volume du roman de ma vie sort en librairie aujourd'hui. Dans la lumière du cirque où, lentement, place de l'église, toutes les vies sont des romans.

Il y a parmi mes proches des hommes et des femmes qui ne lisent qu'un livre par an, le mien. Je suis gêné de les voir s'obliger à un tel pensum. Ils me jurent au contraire qu'ils attendent toute l'année ce bonheur indicible. En vérité, ils n'aiment pas la littérature, ils m'aiment moi depuis longtemps ou pour quelques jours encore, c'est l'une des raisons pour lesquelles je n'offre jamais mes livres à quiconque, et surtout pas à eux.

« Les romanciers inventent un monde qui n'existe pas, toi tu inventes un monde qui existe mais resterait introuvable sans toi. Cette façon que tu as de faire de la littérature avec la neige qui tombe quand on secoue la boule de verre posée sur la télévision de notre vieille cousine du Mont-Saint-Michel, c'est très fort... »

Yann Moix est le premier de la bande de mes amis qui aura lu : *Lentement, place de l'église.*

Je crains toujours de ne pas bien le comprendre, de ne pas retenir parfaitement ce qu'il veut me dire. Les propos que je viens de rapporter ici, les reconnaîtra-t-il ? D'ici la publication de ce journal, il les aura oubliés, tout s'oublie. Reste son enthousiasme péremptoire à l'instant au téléphone, sa voix si amicale.

Paris, 3 janvier

Joufflu comme un bébé, rose comme son polo en fil d'Écosse, les cheveux bouclés blonds comme Charles Trenet sous l'Occupation. Je connais Michel Rachline depuis trente ans, il a édité mes premiers livres, c'est lui qui me conduisit au bordel, chez madame Made à Pigalle, la bonne adresse où l'on pouvait se divertir avec des militaires en permission. La belle époque ! Michel, qui est grand-père maintenant, venait de rater le Goncourt de peu pour un roman sulfureux et détraqué, sobrement intitulé : *Le bonheur nazi.* Signé par le rejeton d'une grande famille juive, on imagine le ramdam qui s'ensuivit. Je l'aime bien ce Michel, menteur impénitent, ami délicieux retrouvé hier chez Lipp sur la banquette à droite en entrant, à ma place habituelle, où il dînait avec une dame blonde connue dans l'édition. Ils se sont obligeamment décalés pour que je puisse dîner du bon côté, celui des ténors de la République alignés là depuis Mac-Mahon. J'avais convié François Gibault, Yann Moix, Jérôme Béglé, Gilles Martin-Chauffier, et c'est Roland Dumas, seul, légèrement voûté, qui est arrivé sur leurs pas. Je ne pouvais pas ne pas l'inviter à nous rejoindre sur la banquette où il avait trôné dans sa gloire près de François Mitterrand : le banc d'infamie où les juges le tiennent depuis cinq ans est moins confortable.

– Alors ?

– Sauf un coup tordu de dernière minute, ce sera un non-lieu, au pire le sursis, me glissa-t-il à l'oreille en s'asseyant près de moi devant Martin-Chauffier, effaré de se trouver nez à nez avec le héros de son dernier roman.

La vie parisienne où rien n'est grave, en somme, que l'heure qui tourne à l'horloge de chez Lipp, à nos montres affolées.

– Revoyons-nous bientôt, m'a dit Michel.

On se dit cela quand il est tard et que les ministres sont fatigués. Et puis on oublie l'heure et la fatigue. On a autre chose à faire. Personne ne tient ses promesses à Paris.

Paris, 7 janvier

Ma vie. Ma vie étalée partout. Le tumulte que provoque, contre toute attente, la publication du quatrième volume de ce journal me ravit et m'effraie. Les trompettes de la renommée me cassent un peu les oreilles, mais je ne peux plus les faire taire, c'est moi qui leur ai fourni la partition. Je réponds dans la fureur des plateaux de télévision, je réponds oui, je réponds non, je me débats un peu et puis je les laisse dire ce qu'ils veulent, ce qui les arrange, ce qui les dérange.

Je participe allègrement à ce culte de moi que les médias me proposent. Cela n'a que peu d'importance, mes livres ne seront ni meilleurs ni moins bons. Mon image publique, je ne m'en moque pas, mais elle m'importe moins qu'on ne le croit. Je sais qui je suis, d'où je viens, hélas aussi où je vais.

Morterolles, 8 janvier

Quoi répondre aux journalistes qui me posent des questions métaphysiques sur le pourquoi et le comment de ma démarche littéraire ? Celui qui vient de m'appeler aux aurores n'est pas le plus bête d'entre eux. Je soupçonne son rédacteur en chef de me l'avoir recommandé pour cette bonne raison, mais aussi parce qu'il est joli garçon, ce n'est pas un handicap, pour m'interroger au saut du lit. Je lui ai répondu ce que j'ai dit cent fois, que j'écrivais pour qu'on m'aime un peu et pour ne pas mourir. Il est resté sans voix, interdit, comme désolé, inquiet. Écrire des livres, bons ou mauvais, pose un homme. Je vois bien dans le regard des autres que nous ne sommes pas comme eux, nous les intimidons.

En réalité, ils ne comprennent rien à tout cela qui est beaucoup plus simple qu'ils ne le croient, plus terrible aussi qu'ils ne l'imaginent.

Oui, nous sommes de drôles de zèbres, il faut courir vite pour nous rattraper, c'est pourquoi nous sommes si seuls et si contents de l'être parfois.

J'écris pour n'avoir pas à parler trop, et je ne cesse pourtant de m'expliquer devant les caméras et les micros qui se tendent, avec le désir inavouable d'être intéressant.

Paris, 13 janvier

Le petit Fogiel qui a tous les culots me reprochait dans son émission de faire l'intéressant justement, d'avoir un ego surdimensionné et du goût pour les livreurs de pizzas et les rugbymen. C'est quand même extraordinaire que ce soit lui qui me reproche ce qui s'applique si parfaitement à lui. Enivré de sa parole, des fantasmes qu'il me prête en se régalant à l'avance, il ne m'écoutait pas : il s'appliquait à faire de l'audience. Je l'ai aidé de mon mieux et nous en avons fait beaucoup. Il vient de me réveiller pour me l'annoncer.

Lorsque nous ne sommes pas devant les caméras, Marc O. m'appelle « mon Pascal », il m'écoute et me dit qu'il m'aime.

Dois-je le croire ? Il a été méchant comme une teigne. Je ne comprends rien à l'amour vache.

Morterolles, 15 janvier

Petites rectifications promises à la Baronne et à la femme du Duc, lectrices attentives et concernées de ce journal, pour répondre à leurs voisins étonnés.

Un : l'affaire des curés qui célèbrent la messe de minuit à seize heures n'est pas aussi risible que je le prétends. La désinvolture des hommes d'Église ne serait pas en cause, ils doivent, dit-on, faire face à une crise de la vocation qui les oblige à courir partout, résultat ils ne sont plus à l'heure nulle part. La crise de la vocation a commencé avec Vatican II quand l'Église a prétendu « se moderniser, se démocratiser », un projet insensé qui a dissuadé les jeunes gens sérieux de se tenir bien dans un monde qui se tient mal. Dieu n'est pas candidat aux élections législatives, il n'est ni moderne ni démocrate, il est Dieu, ne lui demandons pas l'impossible. Il est fatigué de nous.

Deux : le pharmacien d'Aixe-sur-Vienne a divorcé parce que sa femme ne voulait pas lui faire de bébé. J'ai écrit le contraire, ce qui n'a aucune importance, sauf pour lui qui sera papa bientôt. Qu'il me pardonne et que la mère et l'enfant se portent bien.

Trois : j'ai prétendu également avec beaucoup de légèreté que la crèche et les santons qui reparaissent en décembre sur la cheminée de la femme du Duc sont en carton bouilli et en plâtre ; pas du tout, ils sont en bois sculpté et en terre cuite. « Des objets d'art, mon cher. »

Morterolles, 19 janvier

Les aura-t-il fait fantasmer mon livreur de pizzas ! On en parle avec gourmandise dans les dîners en ville. À chacune de mes interventions à la radio ou à la télévision, ceux qui m'interrogent le font avec des clins d'œil entendus et complices. Mon livreur de pizzas fait fureur à Paris. En lui consacrant trois pages le 29 mars dernier, je ne pensais pas qu'il plairait tant, qu'on ne verrait que lui, les fesses à l'air à ma fenêtre, le sexe tendu vers Notre-Dame, et pour finir à mes genoux. On écrit dans le silence l'aventure d'un soir avec un jeune homme ébouriffé qui a posé sa mobylette sur le quai d'Orléans et les imaginations s'affolent alors que nous ne savons pas ce qu'il devient, ni même s'il reviendra.

Mathieu a les yeux violets, des jambes interminables et des mains de basketteur. « Il m'excite », m'écrit Lulu qu'on vient d'opérer du canal de l'urètre, ce qui devrait provisoirement freiner ses ardeurs. Les miennes sont intactes. Je ne me crois pas irrésistible, c'est la vie qui l'est, je saisis les faveurs qu'elle m'offre en ne doutant pas de les avoir méritées. Mon livreur de pizzas n'a fait que passer, nous nous sommes divertis, voilà tout. Nous avons joui à la même seconde que des milliers d'êtres humains dans le monde. On peut m'envier, malgré tout, car rien n'est moins probable qu'un sourire sur les lèvres d'un garçon de vingt ans assez aimable pour nous l'offrir en passant.

Paris, 21 janvier

Le secrétaire de Jack Lang, Aymeric de... ne manque ni de culture ni d'humour. Il m'écrit ceci :

« C'est toujours un plaisir de rappeler aux monarchistes dans ton genre que le 21 janvier est le triste jour de la mort de Lénine... aussi. » Aymeric est de gauche, cela va de soi.

Éric Zemmour, le brillantissime Zébulon du *Figaro*, nous rappelle opportunément que Patrick Weil, homme de gauche et spécialiste des questions d'immigration, a révélé dans un ouvrage indiscutable que c'est la Révolution française elle-même qui avait rétabli le droit du sang comme critère de nationalité, contre un droit du sol qui avait le tort de rappeler le lien entre le paysan et son seigneur ou son roi.

Les droits-de-l'hommiste et autres jobards tiers-mondistes peuvent bien s'étrangler d'indignation, l'histoire de France n'entre pas dans leurs délires.

À la question : « Êtes-vous toujours de gauche ? », je réponds : « Oui, tendance Chevènement-Sarkozy. » Ça plaît beaucoup.

Paris, 22 janvier

Françoise Giroud ne renaîtra pas de ses cendres. Elle n'avait aucun doute là-dessus. Elle écrivait, malgré tout, dans son ultime chronique du *Nouvel Observateur* : « La vie c'est demain. » Eh bien non, la vie c'est hier, c'est aujourd'hui dans le meilleur des cas. Jamais demain.

On a beau le savoir, on écrit le contraire pour se donner du courage. Françoise Giroud n'était dupe de rien, elle voulait simplement tenir encore un peu, ne pas mourir en descendant l'escalier de l'Opéra-Comique. Une marche aura eu raison d'elle qui n'a jamais trébuché sur un mot. Ceux qu'elle nous laisse sont terribles et beaux comme elle qui souriait « pour mieux vous manger mon enfant ». C'était une femme fatale qui disait : « Les bonnes femmes », qui n'avait pas tort de s'en méfier et raison de les défendre.

Paris, 23 janvier

Les adjoints verts au maire de Paris se surpassent. Bertrand D. doit se demander chaque matin quelles réjouissances ils vont lui proposer. L'un d'eux, chargé de la culture, vient d'annoncer que désormais il parlerait de lui au féminin tous les 8 mars. Et pourquoi pas tous les jours de l'année ? « Je dirai que je suis contente car il faut de temps en temps se mettre dans la peau d'une femme pour comprendre les discriminations qu'elles subissent. »

Il faut surtout oser déclarer cela sans rire et s'étonner après que l'on ricane dans les bistrots. Pour que notre bonheur soit complet Denis Beaupin, un autre bon gars, veut « faire de Paris une ville de province comme les autres ». Nous qui avons de l'ambition et sommes un peu prétentieux, nous rêvions plutôt de Paris capitale du monde. Nous devrons en rabattre.

Paris, 25 janvier

« Il doit s'en passer de belles dans les casernes de Besançon ! On ne dira jamais assez le charme de ces villes de garnison où des garçons enserrés dans des uniformes kaki se promènent par deux. Ils étaient deux justement, ce vendredi matin, qui jouaient au flipper, au buffet de la gare où j'attendais mon train pour Paris. J'ai découvert à cette occasion qu'on jouait encore au flipper dans les cafés de France, alors que je croyais que cette occupation des collégiens désœuvrés avait disparu avec ma propre adolescence. Tu imagines le décor : des tables en formica, un carrelage jonché de mégots de cigarettes, des chaises orange, des cheminots et un voyageur de commerce accoudés au comptoir, des posters de montagne délavés accrochés aux murs, tout ce qu'on aime. Et donc, nos deux soldats. Le corps sec, comme il se doit, c'est-à-dire mince et musclé. Et le poil ras, qu'on avait envie de caresser. L'un des deux, regard bleu et dur, paraissait nerveux quand l'autre était nonchalant. Et quand ce n'était pas son tour de jouer, il regardait dans ma direction, avec un air de naufragé. Ses œillades m'ont paru vouloir trahir une fraternité. Bien sûr, j'avais envie de voir cela chez lui. Mais je crois pourtant ne pas me tromper. C'étaient des œillades appuyées, comme s'il lui fallait avouer dans le silence. Le jeune homme m'a plu et m'a fait pitié dans le même mouvement. Alors j'ai pensé à ce qui devait se passer dans les casernes de Besançon, quand la nuit recouvre la honte. Depuis, le visage du jeune soldat ne me quitte pas. Il s'estompera, bien entendu, et disparaîtra. Mais il restera cet aveu muet qui me touche plus que je ne saurais le dire. Et toi, tu comprends cela, évidemment. »

Les lettres de Philippe Besson sont d'un écrivain, d'un homme jeune qui pourrait être mon fils. Il m'en coûte d'écrire cela, mais le compte est bon. Lui me voit plutôt comme un frère, un grand frère, il m'écrit des choses qu'il n'écrit pas à son père, des choses tendres et libertines, mélancoliques aussi. Je les prends en plein cœur. Longtemps après que je les ai lues elles m'émeuvent encore. Philippe a le don de la littérature... « Il doit s'en passer de belles dans les casernes de Besançon ! » On a déjà l'eau à la bouche.

Au buffet de la gare, Philippe pense à moi, il pense à moi souvent, alors il m'écrit sans attendre de réponse. Il sait qu'il n'en aura pas, mais qu'il pourrait me trouver à l'instant même où il me chercherait.

Les Gets, 27 janvier

Où sont-ils, que font-ils ceux-là qui m'accompagnèrent si souvent sur ce télésiège accroché aux nuages par-dessus les sapins où je me suis obligé à monter ce matin pour prendre l'air et un peu de soleil d'hiver sur mes joues blêmes ? J'ai renoncé à les compter. Ceux qui ne me suivent pas ne comptent plus, mais, c'est plus fort que moi, je les revois serrés contre mon épaule, si heureux d'être jeunes. Ils me dérangent maintenant. Comment ai-je pu les aimer tant ? Des hommes et des femmes qui ont grossi et beaucoup menti depuis, je m'en veux de me souvenir d'eux et de les avoir trouvés beaux.

Les Gets, 29 janvier

Il neige ! Voilà des heures que je tourne autour des mots pour ne pas écrire : il neige. Éviter les pages inutiles est une obsession, ce journal en compterait beaucoup si je ne résistais pas à la tentation du bulletin météo et de ses conséquences sur mon humeur.

Enfin, il neige depuis trois jours, si ce n'est pas exceptionnel en hiver à la montagne, c'est un miracle pour moi qui reste ébahi à la fenêtre de ma chambre d'hôtel, incapable d'écrire autre chose que : il neige !

Paris, 31 janvier

Une lettre de Jean-Louis Tabaste, un Parisien de Château-Chinon amoureux jaloux du Pigalle de son adolescence. Il rôde inlassablement, fébrile et dépité autour de cette place qui n'existe plus que dans son souvenir. Rien ne lui échappe de ce qui bouge encore : une centenaire à petits pas. « Oui, m'écrit-il, j'aperçois parfois la petite silhouette de Madeleine Milhaud derrière sa fenêtre au premier étage de son appartement du 10 boulevard de Clichy. »

Jean-Louis sera le dernier guide de ces trottoirs, de ces rues infâmes où traînent en troupeaux des touristes exténués, il saura toujours nous ouvrir une porte cochère, une arrière-cour où meurt un monde de concierges et de travestis qui font pipi sur le palier.

Il sait tout du passé de Pigalle, celui des filles et du cinéma de Papa. Il sait exactement où se tenait le rabatteur de madame Made, sur quelle banquette de moleskine usée, derrière quel comptoir il régalait des gigolos pour Montherlant. « Merci d'avoir rappelé dans ton journal ces heures-là de Pigalle dans sa splendeur. À ce propos, après ton intervention réussie auprès du maire de Paris quant à l'éclairage espéré de Notre-Dame, pourrais-tu informer Bertrand D. que le p'tit jet d'eau de la place ne jaillit plus depuis deux ans ? Sans lui que restera-t-il de la chanson de Georges Ulmer bien malmenée ? Les bistrots (dont celui du curé) étant remplacés par des McDo, Léon de Bruxelles et autres Brioches dorées... Une misère ! »

Bertrand D. va sourire si j'ose lui demander ça, qui est extravagant : faire rejaillir le p'tit jet d'eau de la place Pigalle pour que mon ami Jean-Louis soit moins triste.

Paris, 1er février

Voilà des années maintenant que Patrick Besson fait semblant de ne pas savoir que j'écris des livres, il en a vaguement entendu parler par quelques-uns de ses copains, qui sont les miens aussi, et ça l'agace à la fin. Il se demande ce que des bons garçons peuvent bien trouver de si intéressant dans ma littérature et ce qu'ils viennent faire chez moi, si souvent sans lui. Patrick ne me déteste pas, il est simplement éberlué de me trouver là, en si bonne compagnie, alors qu'il me croyait en deuil au fond de ma province à ressasser mes échecs. Lorsque, par hasard, il allume la télévision en pleine nuit, c'est encore sur moi qu'il tombe, entouré de sa bande occupée à me couvrir de fleurs. Passe encore que Besson, l'autre, Philippe, me traite d'« écrivain considérable », il ne l'a d'ailleurs pas entendu, mais que Christian Authier, son jeune biographe inspiré, me qualifie d'« écrivain français », c'est trop j'en conviens. J'ai droit pour cela ce matin aux honneurs de son plateau-télé du *Figaro Magazine* où il me cite aussi souvent que Bernard Frank le maréchal Pétain. « Pascal Sevran Band », écrit-il, ce qui est amusant et vrai. Pour le reste, il me reproche de ne vouloir me fâcher avec personne, ce qui est amusant et faux, mais venant de lui qui veut se fâcher avec tout le monde, ce n'est pas bien méchant. Il y a dans son article d'autres remarques plaisantes, des inventions miraculeuses, peut-être même un clin d'œil, mais l'essentiel tient en quatre lignes qui se veulent graves. De qui parle-t-il ?

« Pascal écrit qu'il a réussi sa vie. Il pourrait espérer faire de la littérature s'il voulait bien se donner la peine, j'insiste sur le mot peine, de nous raconter plutôt comment il l'a ratée. »

Et toi, mon cher Patrick, comment vont tes femmes, tes enfants, tes parents, ton petit oiseau, oui, comment va-t-il celui-là ? On peut trouver mes livres ratés, certainement pas ma vie, pas toi en tout cas qui évoquais il y a quelques mois à peine, dans un moment d'égarement sans doute : « Mon charme, ma finesse, ma générosité, mon courage, ma culture, mon intelligence et pour finir l'amicale douceur d'un homme qui a réussi sa vie ! »

J'aurai dû me douter que tant d'emballement me retomberait sur le nez. En tout cas, j'ai bonne mine sur la photo en couleurs du *Figaro*, page 59. Je ne suis pas mal non plus page 65 où l'on me voit devant l'église de Morterolles pour illustrer la belle critique que Stéphane Hoffmann me consacre.

On me dit que Patrick Besson ne lit pas les journaux dans lesquels il écrit, je l'espère vivement pour Stéphane Hoffmann qui n'oserait plus le croiser. La vie parisienne en somme, du folklore à Saint-Germain-des-Prés, de la poudre de perlimpinpin...

Je ne suis pas fâché du tout. On n'est jamais fâché avec Patrick Besson. Jamais ami non plus.

Paris, 3 février

M'en aura-t-on parlé des femmes qui ne tricotent plus, de celles qu'on appelle gracieusement « éboueuses ou sapeuses-pompières », des jeunes filles qu'il ne faut pas inviter à dîner ! Mon « intolérance » a fait sourire et grincer des dents. J'ai même dû répondre de ma prétendue « misogynie ». Du pain bénit pour les journalistes, car naturellement personne n'a retenu ces deux lignes page 234 : « ... les femmes comprennent tout. Quel désastre que nos vies sans elles. »

Et les garçons livreurs de pizzas et autres sergents de ville, quel triomphe ! Des héros de romans, en somme. « On les retrouve plus souvent dans nos livres que dans nos lits », ai-je cru devoir préciser page 263 en guise de bémol à ma vantardise. Qui l'a compris ? Ni l'humour ni l'insolence ne sont des qualités françaises.

Paris, 5 février

« Ce que je préfère chez Emmanuel Berl, c'est Patrick Modiano. »

Cet aveu de Stéphane Denis dans le *Figaro Magazine* me fait sourire et me flatte un peu. Patrick Modiano c'est moi. Oui, je m'appelais ainsi lorsque j'interrogeais, à sa demande, Berl dans sa chambre proustienne au-dessus des jardins du Palais-Royal au début des années soixante-dix, au soir de sa vie. Je fus au pied de son lit le dernier jeune homme auquel il se confia. J'ai attendu vingt ans avant de révéler cela avec la distance et l'humour qui conviennent, dans un livre de souvenirs qui agaça quelque peu ceux que la vérité agace. Alors passons. Je n'y reviendrai pas, mais que l'on cesse une fois pour toutes de me bassiner avec cette histoire qui est une faribole.

Si le meilleur de Berl, ce n'est pas moi, ce n'est pas Modiano non plus. Il ne faut quand même pas pousser trop loin la plaisanterie.

Bernard Morlino, qui m'a bien connu quand je m'appelais Patrick Modiano, me rappelle que dans le premier numéro de l'hebdomadaire *Marianne,* Stéphane Denis proposait que l'on décerne chaque année le « prix Drancy » au vrai Modiano. Charmant ! Comme quoi tout le monde peut se tromper. Le plus drôle, c'est que voulant se rattraper, c'est moi qu'il couvre de fleurs.

Serge T. a adoré l'enterrement de Françoise Giroud.

– Le Tout-Paris mon cher, une première, Arielle D. était sublime, une douleur pâle, inapprochable, tu t'en doutes... J'en ai profité pour aller sur les tombes de Piaf et de Proust, quelle belle journée ! J'ai fait des photos très amusantes...

Serge T. ne s'ennuie jamais nulle part, et moins encore au Père-Lachaise où la vie est si gaie.

Paris, 6 février

Un monsieur Paul Yonnet qui consacre un essai critique, un de plus, à François Mitterrand, écrit ceci qui est inénarrable : « Quand il n'est pas au pouvoir, son but est d'y arriver, quand il y est, son but est d'y rester. »

Tant de perspicacité émerveille ! Ce jugement sans appel disqualifie enfin devant l'Histoire ce Mitterrand de sinistre mémoire. Nous attendons maintenant que l'auteur nous fournisse la liste complète des hommes politiques dont l'ambition est de ne pas gouverner, et le désir le plus irrésistible de ne pas être réélu.

À ce bureau, où je viens d'écrire ce qui précède, Danielle Mitterrand m'a demandé la permission de s'asseoir un instant, juste le temps qu'il faut pour rédiger et me signer un chèque de 76 223 euros. Elle a bu un verre de Coca-Cola puis elle est repartie à Cuba, ou quelque part en Amérique latine, où là-bas elle est attendue et entendue. Durant le quart d'heure qu'aura duré sa visite, elle m'a surtout parlé de cela qui l'occupe avant tout, sa fondation au service des déshérités, des enfants des favelas et de Fidel, ce bon roi Dagobert. Sur la désinvolture de son fils à mon égard, rien ou presque.

– Il aurait pu au moins m'adresser un mot de politesse, une parole aimable, dis-je timidement pour me justifier d'avoir mis sur la place publique une affaire privée (ce que d'ailleurs elle ne me reproche pas). Juste merci..., dis-je.

– Tu ne le connais pas, me dit-elle. Ce n'est pas son genre du tout.

Ça m'apprendra de croire bêtement que la politesse peut avoir bon genre.

Montréal, 9 février

– Que venez-vous faire à Montréal, m'a demandé le douanier que ça ne regardait pas, mais qui s'amusait à retarder les formalités de débarquement.

– Rien, lui ai-je répondu, je viens ici pour ne rien faire.

Ça l'a agacé, j'ai répété : Rien !

Il a pensé que je me payais sa tête. C'était le cas. Je disais vrai pourtant, je n'ai rien à faire à Montréal, rien qui vaille sept heures d'avion, je n'ai rien à faire nulle part au monde, que chez moi où je suis bien.

– Fallait pas vous déranger pour rien, me fit-il remarquer finement.

Ça lui a paru suspect, à ce douanier, un homme qui vient de si loin et n'a pas l'air content. J'ai vu le moment où il allait me faire arrêter par la police des frontières. Il m'a indiqué le bureau de l'immigration où j'ai dû passer devant un vieux Popeye fatigué et souriant qui m'a accordé un permis de séjour de six mois, ce qui est un peu long pour ne rien faire. Cinq jours suffiront bien, non pas à me changer les idées, plus lourdes que mon bagage, disons à me dépayser, à me bouger.

Il y a un bouquet de mimosa dans ma chambre. François, mon copain d'ici, s'est offert une canadienne polaire et un bonnet de rappeur. Nous avons un an de plus que l'année dernière. Il a rajeuni. Pas moi.

Montréal, 10 février

L'Amérique malgré tout ! Malgré la langue de chez nous drôlement bien pendue à la bouche des Québécois. L'Amérique comme une traînée de ketchup sur la neige, vapeur grasse des cuisines des fast-foods, odeur de saucisses et d'oignons frits, musiques obligatoires dans tous les bars, tam-tam des synthétiseurs fous. Sur les écrans de télévision allumés nuit et jour partout, des joueurs de hockey en combinaison rouge. La jeunesse domine cette ville qui marche d'un bon pas, Serge T., que j'ai invité ici pour l'entendre rire et claquer des dents, a du mal à suivre, c'est un homme qui trottine plutôt. Il restera dans sa chambre à trottiner autour de son lit, emmitouflé dans un châle de Marcel Jouhandeau, son pyjama est un chiffon brodé d'or de Roger Peyrefitte, sa garde-robe une bibliothèque d'autrefois.

– Je suis paré contre l'ennui, dit-il, grandiose et rigolard, en nous montrant le missel qu'il a choisi pour apaiser son âme en feu : *L'érotisme masculin dans la Rome antique*, un songe pour lui qui rêve de photographier un grand nègre nu dans la neige. Il devra se contenter d'attraper les écureuils par la queue, ce qui n'est pas plus simple. Sommes-nous venus ici pour rien ? Vincent rêve d'une masseuse thaïlandaise assez aimable pour s'occuper de lui.

Où qu'ils aillent, les hommes cherchent des mains pour les consoler.

Montréal, 12 février

François nous avait demandé la permission de pleurer un peu en évoquant ses vingt ans éblouis dans le bureau de Jean Drapeau, son ami, maire de Montréal pendant trente ans, figure légendaire d'ici où l'histoire ne fait que commencer. François est un costaud qui pleure comme il rit en buvant du vin blanc australien. Il vit avec Gisèle, « sa vieille mère », au septième étage d'une tour d'Outremont. Un avion immobile. Le dîner nous fut servi par un jeune homme de Montpellier, qui n'a pas froid et ne veut plus repartir. Il se trouve à l'aise ici où l'hiver tient parfois ses promesses. Moins vingt-sept la nuit dernière, la nappe et les bougies étaient blanches comme la ville, un réveillon de Noël, une impression d'enfance, l'illusion qu'il ne pouvait rien nous arriver de mieux. Je ne suis pas revenu à Montréal pour être heureux, ce projet-là n'est plus de saison, je suis revenu à Montréal pour respecter une habitude. Un douanier goguenard qui se méfie par principe de la douceur des choses et des gens ne peut pas comprendre cela qui est indicible.

Montréal, 13 février

New York à l'horizon du boulevard René-Levesque, leur Premier ministre regretté, francophile adorable. New York, l'histoire en moins, une secte pourtant à chaque coin de rue, des banques en cathédrales.

Aller. Le chauffeur de taxi algérien était content, sa femme, ses enfants, ses frères et ses belles-sœurs l'attendaient pour la fête du mouton. Il regrettait de n'avoir pas eu le temps de l'égorger lui-même, mais il était content. Il nous a récité des vers de Victor Hugo, nos bravos l'étonnèrent : « N'oubliez pas que l'Algérie, c'était la France il n'y a pas si longtemps », nous dit-il. J'ai cru entendre : c'était le bon temps.

Retour. Le chauffeur de taxi haïtien a cherché mon nom durant tout le trajet. Je ne suis personne à minuit à Montréal, enfoui sous mon chapeau. Il a trouvé quand même. Dalida ! s'est-il écrié, soulagé de m'avoir reconnu et de me témoigner son admiration.

Paris, 17 février

Au courrier ce matin une carte amicale de Dominique Gaultier, le patron très bien inspiré des éditions Le Dilettante, qui « profite d'un moment de désœuvrement » pour me complimenter après la lecture de mon dernier journal paru, et il ajoute ceci qui m'amuse et me confond : « Permettez-moi juste de vous dire que vous exagérez page 141, il n'y a (si je puis dire) que onze mille verges dans le titre d'Apollinaire. » J'en voyais cent mille, ce qui fait quand même beaucoup pour un gourmet.

Paris, 18 février

Il n'y a que lui qui aurait pu me consoler de vieillir si vite, si mal. Mon visage chiffonné depuis quelques mois déjà, voilà qu'il se froisse irrémédiablement, qu'il se cabosse. Le double menton est là, une motte de beurre, des rizières creusent mon front, l'ovale de mes joues n'est plus qu'un souvenir. Les miroirs se paient ma tête.

Paris, 19 février

Tout le monde pleure à la télévision, même moi. C'est un sport national désormais. Les athlètes et les lofteurs, l'amère Martine Aubry et Arlette Laguillier, le petit Besancenot aussi, les apprentis chanteurs, leurs parents et leurs grands-mères, leurs voisines, tout le monde pleure. Les larmes ça plaît. Les gens qui regardent ces émissions sont tellement malheureux, leurs vies sont si médiocres, leurs amours si fragiles, que de pleurer avec nous les console un peu.

Pendant combien d'années vont-ils rediffuser cette séquence où je m'effondre en retrouvant Danièle Rouillé, l'idole de mes quinze ans, chantant, accompagnée par mes musiciens, la chanson préférée de Stéphane et qu'il chantait si bien : *Jean-Marie de Pantin* ?

Puisqu'on allait évoquer mon « fabuleux destin », je pensais bien que j'aurais, à un moment où à un autre, le cœur serré, mais je n'avais pas prévu ça : la foudre dans ma tête aux premiers accords d'accordéon. Une fraction de seconde, j'ai vraiment cru qu'il allait apparaître. Ces notes de musique si sensuelles sous les doigts de Zinzin, c'est forcément Stéphane qu'elles annoncent. Un choc imparable. Depuis huit mois, je suis un torrent de larmes entrecoupé de sanglots, un homme plié en deux devant les caméras qui filment, qui n'arrêtent pas de filmer. Tant que mon nom rappellera un vague souvenir à quelqu'un, ils me montreront dans tous mes états, déchiré par le chagrin. Je ne l'interdirai pas cette image de violente vérité, mais je ne voudrais pas qu'on en abuse. Je vois bien que tout le monde pleure à la télévision. Ce n'est pas une raison.

Paris, 24 février

Maintenant que les chiens déguerpissent, il porte beau de nouveau. Bientôt Roland Dumas, mon voisin dans l'île, n'aura plus besoin de canne pour se promener sur les quais, il se redresse, rajeunit à vue d'œil. Une résurrection. Face à Jean-Pierre Elkabbach sur la chaîne parlementaire que je regarde par vice, c'est le ministre qui répondait, l'avocat dans sa gloire retrouvée, pas le vieil amant décati qui a égaré ses bottines dans la chambre d'un lupanar. « C'était d'ailleurs des souliers », dit-il drôlement...

Tant d'histoires, de calomnies pour des souliers, sur mesure certes, mais des souliers. Quelle affaire quand on y songe, cinq ans d'un roman-feuilleton, entretenu par la presse et les gens du « Monde » dont on sait, depuis les révélations du livre de Péan et Cohen, ce qu'il faut penser. On jubile de les voir à leur tour pris dans la nasse, ceux-là qui s'autorisent à nous donner des leçons de morale tout en encourageant des chasses à l'homme.

Et Mme Eva Joly, la mal nommée, à qui rendra-t-elle compte de son vilain travail ? Par chance, Roland Dumas est moins vulnérable que Pierre Bérégovoy, s'il meurt un jour ce sera en pleine forme. Relaxé.

Paris, 26 février

J'avais rendez-vous avec lui dans ma loge de l'Acropolis, à Nice, où je chante après-demain, nous nous étions parlé par téléphone avant-hier et il est mort la nuit dernière, dans un taxi, en sortant de chez Roland Dumas qu'il venait d'interviewer.

Le journaliste Alain Laville est mort. Je l'ai appris en lisant *Libération* dans le TGV qui me ramenait de Bordeaux. J'aimais beaucoup cet homme-là qui avait eu Maurice Fanon pour professeur d'Anglais à Ivry et m'en parlait avec tendresse à chacune de nos rencontres. C'est lui qui signa dans *Nice-Matin* le premier article consacré à *La vie sans lui.* Nous allions devenir amis.

Morterolles, 2 mars

Où suis-je ? Caen, Clermont, Évreux, Les Gets, Sens, Montréal, Toul, Bruxelles, Lyon, Perpignan, Bordeaux ! Pour quelqu'un qui n'aime rien tant que de rester chez soi, loin des gares et des aéroports, je peux me décerner la palme de l'agitation. Ce mois de février prévu de longue date à mon calendrier, je savais qu'il serait fou, il l'a été. J'ai couru pour me distraire, chanter, répondre aux radios, aux télévisions. Cette impossible cavalcade a failli s'achever hier midi sur la piste de l'aéroport de Nice-Côte-d'Azur où l'avion a raté son atterrissage, « cisaillé par le vent ». J'ai eu peur durant le quart d'heure où nous avons tourné en rond au-dessus de l'eau. Mon jeune voisin, qui lisait *Le Nouvel Économiste,* n'était pas plus fier que moi. Je me suis accroché à son bras. Nous allions mourir bêtement, « tragiquement », diraient les journaux, moi je dis bêtement d'abord. J'enrageais d'avoir accepté ce gala de dernière minute pour ne pas décevoir un copain d'autrefois si « heureux de m'accueillir », j'enrageais d'être si faible au fond. J'ai pensé au chagrin de ma mère, à Stéphane, mon ange introuvable. À quoi et à qui pensaient les autres passagers apparemment imperturbables ? Quand nous allons mourir, à quoi pensons-nous ? Moi, à mon testament, pour me rappeler avec soulagement qu'il est irréprochable dans sa dernière version d'août 2001, c'est-à-dire assez précis, je l'espère, pour qu'on ne s'étripe pas à la sortie de la messe.

La cérémonie est remise à plus tard.

Morterolles enfin ! À bon port, sur le plancher des vaches. Il y a un bal ce soir quelque part dans le canton, le Duc et sa femme seront de la fête. Les avions ne tombent pas sur ce monde immuable qui n'intéresse plus que moi.

Morterolles, 3 mars

Renaud Camus m'avait dit, lors d'une rencontre impromptue dans un studio de télévision, qu'il trouvait le nom de Morterolles follement littéraire. Il avait le projet d'aller sur mes pas place de l'église, ce qu'il a fait le 24 janvier dernier. Je pensais qu'il serait déçu, il m'a adressé le lendemain une lettre charmée que je viens de relire avant de la classer avec les belles lettres bien signées de ma collection.

– Vous avez l'air étonné que je vous lise ? s'était exclamé Renaud.

Oui, je l'étais. Il m'écrit maintenant :

« Vous aurez pardonné, je l'espère, l'exécrable papier du message que j'ai laissé chez vous hier à Morterolles, et qu'on vous aura transmis, je pense : je voyageais avec un ami professeur de lycée, et nous n'avions sous la main que ce qui s'appelle je crois "un billet d'absence"...

«J'ai eu un immense plaisir à voir l'un des lieux essentiels de votre journal, si chargé de souvenirs pour vous et de présence pour vos lecteurs. La maison est bien cachée, mais en variant les points de vue et en suivant le chemin où vous vous promenez, je crois, avec la femme du Duc, nous avons eu un bon aperçu, émerveillé, de vos admirables jardins. Il y avait sur tout cela un beau soleil pâle de janvier, ce n'étaient que ruisseaux, étangs, cascades et cascatelles, nous étions enchantés de notre petit détour sevranien. Veuillez d'ailleurs remercier de ma part le très aimable gentleman qui a bien voulu se charger de mon petit mot à votre intention. Tout un peuple s'affairait pour veiller sur vos biens, et les entretenir en votre absence.

« Gardez pour vous cependant l'essentiel de mes remerciements. J'ai été plus touché que je ne saurais dire par votre généreuse "sortie" en ma faveur sur LCI. Et puisque c'est encore la saison, veuillez accepter, cher Pascal Sevran, avec l'expression renouvelée de ma gratitude, les plus chaleureux de mes vœux. »

Morterolles, 4 mars

« Guéret, Bellac, voici l'axe de mes joies littéraires. Qui d'autre me prépare des frissons nouveaux, entre Saint-Sulpice-Laurière et La Souterraine ? »

À cette question que se pose Matthieu Galey le 30 décembre 1957, je réponds : entre Saint-Sulpice-Laurière et La Souterraine, il y a Morterolles. Presque rien, juste une église, un monument aux morts et puis moi, si malheureux, qui tourne autour pour ne pas me perdre. S'il était encore de ce monde, Matthieu Galey serait du mien où l'on se console avec des mots et le souvenir de quelques garçons charmants.

Morterolles n'existe pas, c'est une invention de Stéphane. J'écrivais cela dès la première page de *La vie sans lui.* On ne peut donc pas me reprocher d'enjoliver les choses, Renaud Camus ne me reproche rien, ni personne d'ailleurs, c'est moi qui suis dépassé par la gloire de Morterolles. Qu'on la juge imméritée ne m'étonnerait pas. Elle l'est. Elle ne s'explique que par Stéphane.

Morterolles, 5 mars

Je la déteste, maintenant, cette pendule du salon qui s'entête à sonner avec une heure d'avance quoi qu'on fasse pour la rappeler à l'ordre du temps qui nous emporte.

« Incompréhensible », m'a dit l'horloger si patient.

Il reviendra demain, à midi précis, si sa montre ne retarde pas.

Morterolles, 6 mars

Des indiscrets au cimetière, à pas de loup dans mon dos, leurs voix basses mêlées. Je n'ai pas bougé, espérant qu'ils se tiendraient à distance. À genoux, j'attendais pour me relever qu'ils passent. La tête baissée, les mains à plat sur le marbre, je me disais : ce n'est pas possible, ils n'oseront pas.

La femme a osé, les hommes sont plus timides. Vincent, qui se tenait à l'écart en embuscade, ne l'a pas vue venir. Vincent m'est dévoué, mais il ne voit jamais rien venir, elle s'est approchée jusque sous mon nez pour me voir en vrai, peut-être même pleurer. « Je te dis que c'est lui. »

Inimaginable ! La femme s'est accroupie, s'est tordue le cou, devant une tombe où je veux que l'on me laisse seul. Je l'ai chassée d'un revers de la main. C'est hurler que j'aurais dû, la traiter de tout. En voilà une qui ira dire partout que je suis moins souriant dans un cimetière qu'à la télévision.

Paris, 7 mars

Même lorsqu'il nous agace, qu'il nous prend de haut, Rinaldi est inévitable. C'est pour cela sans doute que les gens du *Nouvel Observateur* voudraient bien l'éviter. Ils le cachent en bas de page où il signe par intermittence d'impeccables morceaux de littérature. Naturellement on ne mentionne pas qu'il est de l'Académie française, ça ne se fait pas dans ce quartier de signaler la gloire des uns qui défriserait les autres, ceux qui en rêvent et n'en seront pas. Mon voisin Frédéric Vitoux n'est pas mieux traité. Alors pourquoi le critique cinématographique a-t-il droit lui à un régime de faveur ? Est-ce en raison de son génie, de sa notoriété qu'il signe ses billets en lettres de feu, en caractères trois fois plus hauts que ses confrères ? Mystère !

Je n'ai rien contre ce brave homme qui porte le même prénom idiot que moi, l'injure faite à Rinaldi le dépasse de beaucoup, mais je voulais passant par lui relever qu'au *Nouvel Observateur* Woody Allen a priorité sur Proust.

Paris, 10 mars

« On va vers les beaux jours, disait ma mère à l'approche du printemps. Bientôt vous pourrez jouer dans le jardin en revenant de l'école... »

On ne va jamais vers les beaux jours. Les beaux jours, c'était quand elle nous les promettait.

Paris, 11 mars

Une centaine de militaires du GIGN au garde-à-vous, à la minute même où je traversais la cour du ministère de l'Intérieur, précédé d'un huissier, pour me rendre à l'invitation du ministre. Parmi eux un petit-cousin du côté de ma mère m'aura vu passer et préviendra ma sœur avant même que je ne quitte la place Beauvau. Une entrée en fanfare donc. Nicolas Sarkozy a ouvert la porte de son bureau à l'heure pile, cravate au vent, en bras de chemise comme on l'imagine, affable et débordé, mais qui prendra son temps, presque deux heures pour déjeuner avec moi. Droit dans les yeux.

– Je regarde beaucoup la télévision savez-vous ? Elle donne à voir l'évolution de la société. Comment comprendre les gens si on ne s'intéresse pas à ce qui les occupe, les distrait aussi ? La France de « Star Academy » était impensable il y a quelques années, songez un peu : des élèves, des maîtres, de la bonne humeur, mais la discipline, le travail et le bonheur de la compétition, impensable retournement de la culture soixante-huitarde...

Le ministre de l'Intérieur n'est pas bête, on le voit et on le verra. S'il pouvait dire vrai, si enfin on allait être débarrassé de cette chienlit ! Comme lui, je crois au mérite, et au devoir qui précède le droit, comme lui je hais les avachis. Alors, nous nous sommes bien compris.

Je ne me suis jamais senti aussi à l'aise avec un ministre qu'avec celui-là, et j'en ai vu beaucoup. Nicolas Sarkozy écoute quand on lui parle. Il m'a dit que mes duos avec Fogiel étaient impayables, que Daniel Vaillant, son prédécesseur malheureux, était un bon gars, ce que je crois aussi. Il m'a demandé pourquoi Dalida s'était suicidée et combien de temps je mettais en voiture pour aller à Morterolles, il m'a avoué son admiration pour Chirac et Mitterrand.

Au dessert, je lui ai dit :

– Et la Corse, monsieur le Ministre, on en finit quand avec cette histoire-là ?

Il a levé les bras et les yeux au ciel, il a souri.

– Appelez-moi Nicolas, voulez-vous ? Je vous appellerai Pascal, et n'en parlons plus...

Paris, 12 mars

Cette image de moi que je laisse filer avec complaisance depuis des années, on lui reproche sa couleur, sa gaieté. On me préfère en noir et blanc, un peu triste autour de l'église à Morterolles ou sur les quais par ici, la nuit tombée. Ceux qui me lisent me veulent pour eux seuls, quand s'éteignent les lumières des fêtes que j'organise avec un plaisir que je ne sais pas dissimuler. Je passe mon temps à répondre à l'effarement des uns et des autres qui « ne me croyaient pas du tout comme ça, pas si tendre, pas si gentil ».

Mais enfin, comment me voyaient-ils ?

Ces bandes-annonces, ces bêtisiers diffusés en boucle depuis des lustres où je me moque de moi, poussent jusqu'à la caricature mes colères et mes caprices qui sonnaient donc plus vrais que nature. Ils étaient feints.

Paris, 14 mars

J'habite du côté de chez Swann depuis deux ans aujourd'hui. Sur ce quai d'Orléans que n'aimait pas la marquise de Villeparisis, j'espère quelques marins en bordée.

Bernard M. à l'instant au téléphone : « Si tu n'as rien à raconter, écris que tu n'as rien à raconter, ça sera forcément intéressant. »

Il m'aime.

Le sexe, ce besoin animal, l'Amour cette grâce surhumaine.

Mon vieux Serge T., qui a une jambe plus courte que l'autre depuis que des voyous l'ont jeté par-dessus le pont Henri-IV il y a quarante ans, souffre en serrant les dents. Il ne se plaint jamais. Comme je lui conseille de prendre des antidouleurs pour se soulager, il s'exclame : « Non, je n'en prendrai pas, le fait d'avoir mal est la preuve que je ne suis pas mort, c'est en souffrant que j'éprouve la chance que j'ai d'être en vie. »

Encore elle ! Sœur Emmanuelle, insupportable cabotine qui court quand on la sonne tutoyer le Diable et le Bon Dieu sur les plateaux de télévision. Cette bonté collante, ces minauderies de sainte « sympa » que n'effarouche pas un brin de libertinage, ni les gauloiseries des gugusses de service...

Paris, 15 mars

La guerre ou pas ? Imminente, dit-on. S'il s'agit de renverser tous les dictateurs de la planète en commençant par Saddam Hussein, après tout, pourquoi pas ? Si les Américains, qui sont des braves, veulent libérer de leurs bourreaux tous les peuples martyrisés, oui, pourquoi pas ? Mais s'ils s'arrêtent à Bagdad après avoir rasé le moustachu, ce ne sera pas suffisant. Seule une guerre totale serait justifiable de leur grandeur d'âme. La guerre partout ou nulle part. Il n'y a pas de bons et de mauvais dictateurs, même si les moustachus sont les pires, il faut commencer par eux et fusiller tous les autres dans le dos.

Paris, 16 mars

Monique Lang ne peut pas se passer de lui plus d'un quart d'heure. Aymeric est un catholique pratiquant, socialiste intégriste, ce qui ne l'empêche pas de fréquenter la veuve du docteur Menetrel qui soignait le Maréchal à Vichy, et d'autres femmes mirobolantes que son côté fils de famille à débaucher intéresse. Il est très apprécié également dans le quartier du Marais où les petits jeunes gens qui fricotent dans la politique autour des ministres et de l'Assemblée nationale viennent se dévergonder la nuit venue. Aymeric a beaucoup de succès et, comme tous les garçons tristes, il éclate de rire à chaque instant.

Je dois les attirer. Il m'appelle « mon petit Jean-Claude », ce qui ne viendrait à l'idée de personne. C'est la voix d'un autre que j'entends, la voix du seul qui m'aura jamais bouleversé quand il me disait cela, à voix basse ou en hurlant : « Je t'aime, mon petit Jean-Claude. »

Paris, 17 mars

Ma mère a conseillé à mes sœurs de faire des provisions d'huile, de riz, de farine, de pâtes.

– Et toi, me dit-elle, fais ton plein d'essence. La guerre, on sait quand ça commence, jamais quand ça finit.

Une précaution de femme d'autrefois, un réflexe des jours anciens. Elle a eu vingt ans en 1939. Les bombes américaines ne tomberont pas dans son jardin à Antony, mais le bruit qu'elles feront lui rappelle de drôles de souvenirs, sa jeunesse et Papa, si beau en marin.

Paris, 18 mars

La petite stagiaire du service de presse des éditions Albin Michel avait insisté pour que je le reçoive. Elle a bien fait. Il sort d'ici, c'est un brun bien balancé avec des yeux impossibles à dire. Il est venu sous le prétexte de m'interroger pour un site Internet « mondialement visité ». En réalité, il voulait me voir de près, savoir où j'habitais, sur quel canapé mon livreur de pizzas s'était livré.

J'ai répondu à ses questions qui n'étaient pas bêtes, je l'ai un peu mené en bateau pour faire durer le plaisir, et je l'ai raccompagné sur le palier où m'attendaient des photographes de presse et Ariane Massenet, avec laquelle je dois présenter une soirée spéciale consacrée à Renaud. Trop de monde pour que je puisse m'attarder avec lui qui ne demandait pas mieux.

– Je reviendrai si vous m'y invitez et, pourtant, au contraire du livreur de pizzas, ma mère vous déteste.

– Ah bon, et pourquoi donc ?

– Elle n'aime ni la chanson, ni les livres, ni Mitterrand, et surtout parce que moi je vous aime... enfin, je vous apprécie, je...

J. s'en est allé sans terminer sa phrase. L'idée que sa mère me déteste n'est pas pour me déplaire. Les mères jalouses du bonheur de leur fils ont un jour ce qu'elles méritent : une affreuse solitude.

Paris, 19 mars

– Naturellement, tu préférais le bureau de mon prédécesseur...

Bertrand D., qui nous reçoit à dîner, Renaud, sa petite famille et moi, est en forme ; il a les joues rondes d'un homme qui ne fume plus.

– Oui, je préférais le bureau et le hall d'entrée de la mairie de Paris avant que les génies de l'art contemporain ne viennent y déposer, avec ta bénédiction, leurs cubes, barbouillages et autres bidouillages en ferraille.

– Magnifique, non ? Quelle pureté ! Quelle inspiration !

Bertrand adore me provoquer, ça le repose du délire de ses adjoints. Il sait que je vais lui répondre et peut-être monter sur mes grands chevaux. Renaud, que Claude Berri a dû initier, s'attarde un moment, l'air perturbé, devant une toile invisible pour nous, son frère Thierry et moi, plutôt sceptiques de religion.

Et puis, nous sommes passés à table pour dîner un peu et parler de tout et de rien. Bertrand m'a laissé dire du mal des écologistes, sauf de Beaupin, son chouchou. Renaud faisait des ronds dans son verre d'eau minérale et moi je buvais des yeux le jeune maître d'hôtel en costume Mao, dont la beauté m'enivrait plus sûrement que le vin. Le chef-d'œuvre de l'art contemporain, c'était lui, et elle, Lolita, la fille de Renaud, au profil de médaille. Une Mazarine.

– Je te rappelle, mon petit Pascal, que François Mitterrand était quand même un homme de gauche.

Je ne sais plus après quelle tirade « antidémocratique » Bertrand m'a dit cela, mais nous avons souri, nous qui l'aimions tant. Au fond, on s'en fout un peu de la politique depuis qu'il n'est plus là.

Morterolles, 20 mars

Au courrier ce matin, sur un élégant bristol beige daté du 18 mars 2003, « juste avant la guerre », Angelo Rinaldi qui répond à mon invitation à dîner commence ainsi :

« Il va sans dire, cher Pascal, que j'ai consulté le cercle le plus autorisé qui soit en la matière : on doit écrire "dans" l'île et non "sur"... charabia que les journaux propagent. »

Il faut être inconscient pour oser écrire deux lignes, fussent-elles aimables, à Angelo Rinaldi qui ne plaisante pas avec la langue française et qui a raison de me reprendre bille en tête, car je suppose que le reproche s'adresse à moi. J'ai dû lui écrire : « Venez me rejoindre sur mon île », ce qui n'est pas convenable, je le sais maintenant. Pierre S., Philippe Besson et Bernard Morlino, que je viens d'essayer de piéger en leur posant la question qui tue : « dans ou sur l'île ? », sont restés quelques secondes interdits pour finalement choisir la bonne réponse, celle de l'Académie. Mon humiliation est totale. Rinaldi m'a pardonné puisqu'il a accepté mon invitation à nous revoir trente ans après notre premier rendez-vous sur la butte Montmartre.

« Nous pourrions prendre un verre dans un café qui sera sur le continent. Il n'est pas nécessaire que ce soit du côté du Marais où, m'a-t-on raconté, s'enfoncent et disparaissent tant de vertus. À notre table, on viendra vous demander des autographes, j'en serai vert de jalousie. Je lis avec plaisir votre journal. Suis-je incapable de comprendre certaine mélancolie ? Il ne me semble pas. »

Le cher maître est sévère, mais il ne manque ni d'humour ni de style. Je serai content de le revoir, nous nous reconnaîtrons sans peine : il sera vert de rage et moi rouge de confusion.

Morterolles, 21 mars

Et si j'avais préféré les filles, quelle aurait été ma vie ? Je ne me suis jamais posé cette question inutile. Jamais je n'ai éprouvé le désir d'être un autre que moi, et puis je ne crois pas du tout que le bonheur dépende de nos mauvais penchants. Ou de notre goût pour la planche à voile ou le vin blanc. Je n'ai aucun regret, bien au contraire. Si j'avais préféré les filles, je n'aurais pas vu Stéphane, je serais passé à côté du meilleur de ma vie qui n'a tenu qu'à lui. J'avais une chance sur deux, je suis tombé du bon côté de l'amour que lui seul aura incarné. Si j'avais préféré les filles... l'histoire ne dira pas la suite.

Morterolles, 22 mars

La guerre donc ! Du rouge et de l'or dans le ciel de Bagdad. Le feu d'artifice annoncé tient ses promesses. Splendide ! Trois mille journalistes passent entre les bombes pour nous raconter ça : le feu d'artifice de la guerre, des hommes et des femmes, beaucoup de femmes plutôt jeunes, plutôt belles, qui ne bronchent pas quand ça explose au loin, là-bas, de l'autre côté, on ne sait pas très bien où. Le ciel flambe et s'assombrit. Un 14 juillet. Du cinéma. Peut-être même qu'ils font l'amour pendant la guerre, ces hommes et ces femmes que l'imminence de la mort excite. Peut-être même que les soldats bandent, qu'ils ont peur, mais qu'ils bandent. On peut tout imaginer, nous n'avons aucune idée de la guerre nous qui ne l'avons jamais vue qu'au cinéma, à la télévision la nuit dernière.

Ces prisonniers en files indiennes, mains sur la tête au soleil couchant dans l'alignement parfait des câbles à haute tension, au milieu de nulle part, ils feront le tour de la planète, à la merci des fantasmes des vainqueurs. La guerre, là-bas si loin de Morterolles, nous n'en savons rien, Julie, Jacques et moi qui la regardons en mangeant du chocolat. La guerre, je ne veux pas que Vincent, qui l'a faite en Algérie, nous la raconte. Celle qu'on nous montre à la télévision suffit bien. Les feux de Bengale par-dessus la tête des envoyés spéciaux c'est déjà trop. Mais les enfants déchiquetés sur des lits d'hôpitaux, des femmes hurlant de douleur, ça non ! Nous ne voulons pas voir ça. Nous changeons de chaîne.

C'est magnifique la guerre à la télévision, on peut l'arrêter quand on veut.

Morterolles, 24 mars

Treize heures. Bertrand D. au téléphone à l'instant, je ne l'espérais pas. Il y a conseil de Paris aujourd'hui à l'Hôtel de Ville où d'autres soucis que moi l'attendent. Il voulait quand même bavarder un peu.

– Je t'ai vu chez Drucker hier au soir, tu étais en forme, mais comme tous les gens impulsifs, emporté par la passion. Fais attention à ne pas te caricaturer. Je veux qu'on t'aime.

Il a raison, je n'aurais pas dû affirmer, péremptoire, que Mitterrand, lui, aurait gagné les élections à la place de Jospin. Au fond, je n'en sais rien et puis Mitterrand a perdu beaucoup d'élections. Bertrand m'aimerait moins sévère avec l'ancien Premier ministre, mais il ne me reproche rien, il m'invite simplement à la mesure, même s'il sait bien que je n'ai pas tort de dénoncer l'angélisme et la morgue des socialistes, ni de prétendre que Mitterrand, lui, n'aurait pas laissé siffler *La Marseillaise* sans broncher.

Les femmes et les jeunes, les jeunes, surtout, et puis les femmes bien sûr, les socialistes en ont plein la bouche, les vieux et les hommes peuvent aller se faire voir ailleurs. Ils se prosternent, les socialistes, devant les femmes et les jeunes, les jeunes, surtout, et puis les femmes bien sûr. Aux dernières élections, les femmes et les jeunes ont voté majoritairement à droite pour remercier les socialistes de les aimer tant.

Morterolles, 27 mars

Une lettre particulière postée à Chambéry avant-hier et qui me va bien ce matin où je doute.

« Cher Monsieur,

« Il me semble me reconnaître dans le narrateur du *Passé supplémentaire*, j'y ai retrouvé mes goûts littéraires pour des auteurs sulfureux, mais tellement moins fades que Zola et autres Saint-Exupéry dont on nous assomme de textes intelligents (*sic*).

« J'ai donc à peine trente ans, et je vis dans un passé imaginaire et dans vos livres, parfois vos chansons. Le pays des chimères étant (depuis Rousseau) le seul digne d'être habité, j'ai vite pris conscience que mon ennemi principal est la réalité. Après Sciences-Po et un DEA de rhétorique, j'ai occupé différents postes de chargé de mission auprès des collectivités locales.

Aujourd'hui, je coordonne des stages de formation à la Fédération Musicale Rhône-Alpes (CMF).

« Les filles me distraient et j'ai la chance, comme le jeune héritier du *Passé supplémentaire*, de bénéficier d'un certain confort financier issu de mes parents. Je vais au Touquet, au Fouquet's à Paris, en week-end à Agadir (ou Marrakech) comme vous le faisiez jadis. Mais ma plus grande joie est de vous lire et vous relire et de m'y retrouver.

« J'avoue le rêve secret de m'acoquiner avec Renaud Camus (un ancien de Sciences-Po à Paris). J'aime aussi Alain Soral. Je forme le vœu de connaître un jour Olivier de Vleeschouwer dont un des livres m'a beaucoup ému.

« J'aurais aimé rencontrer Drieu la Rochelle, Chardonne, Barrès et, surtout, Roger Stéphane pour sa fulgurance.

« Pour tout vous révéler, j'ai deux idéaux : Roger Stéphane et vous.

« Roger Stéphane pour sa constante clairvoyance, son panache lors de la libération de Paris, sa culture et son amour de Montaigne, son engagement dans la décolonisation, son intégrité au journal *France Observateur* qu'il créa. François Mitterrand ne l'aimait pas, et réciproquement, mais tous deux se respectaient. Vous savez mieux que moi tout cela.

« Cher Monsieur, pour tout ce que vous êtes et m'avez apporté ; je ne puis par pudeur exprimer directement ici ce qui relève d'un sentiment par trop personnel. Mais je suis fasciné par la cohabitation en vous de trois personnalités : littéraire, musicale, politique. J'ai peur d'user de trop de superlatifs pour vous dessiner l'image que j'ai de vous. Elle est dense et lumineuse, parfaite par les nombreuses rencontres qui ont ponctué votre vie : Stéphane bien sûr, si beau, primesautier, enjoué, tellement heureux à vos côtés. Vous racontez de manière poignante cette flamme merveilleuse et fragile qui savait briller comme un soleil et qui s'est éteinte avec vous le 16 octobre 1998. Emmanuel Berl, Dalida, François Mitterrand, Trenet, et tant de chanteurs, chanteuses connus ou méconnus qui vous donnent aujourd'hui le droit de dire que vous avez vécu (Rousseau encore !) grandement.

« Je ne veux pas vous ennuyer davantage, je vous sais retiré du monde, du bruit et des choses, à Morterolles. Il m'arrive souvent de lever les yeux vers les fenêtres du quai d'Orléans. J'espère un jour avoir la chance de vous saluer et vous témoigner ma profonde affection. »

Sait-on jamais à quoi rêvent nos lecteurs ? Jérôme B., qui vit dans mes livres et ceux de Roger Stéphane, n'en rêve pas moins de « s'acoquiner avec Renaud Camus », donc de se « lier avec une personne peu recommandable », selon le dictionnaire Petit Robert que je viens de consulter. Mon jeune lecteur, qui a de bonnes lectures, n'a pas voulu dire cela naturellement, c'est au contraire parce qu'il trouve Renaud Camus très recommandable qu'il voudrait s'acoquiner avec lui. Je vais transmettre à l'intéressé qui appréciera. Entre coquins, ils se comprendront !

À moi, que veut-il ce Jérôme qui lève les yeux vers mes fenêtres et se distrait avec les filles, que « les filles distraient », précise-t-il. Nuance ! De quelles manières exactement ? « Les filles me distraient », cet aveu nonchalant, corrigé aussitôt par : « Mais ma plus grande joie est de vous lire et de vous relire et de m'y retrouver », prend une étrange tournure. Et puis, de quelle nature relève « ce sentiment trop personnel » que Jérôme n'exprime pas par pudeur ?

On se perd en conjectures à vouloir interpréter des allusions que glissent dans leurs lettres nos admirateurs les plus sages ou les plus fous pour nous faire marcher, ou par innocence, le plus souvent sans penser à mal, ce que nous regrettons vivement.

Si je devais m'inventer un roman chaque fois qu'un jeune homme s'enflamme à me lire, je prendrais feu tous les matins.

Morterolles, 28 mars

Le jeune pharmacien d'Aixe s'est fait traiter de salaud par une vieille harpie qui lui reproche de supposées turpitudes et son divorce, en brandissant *Lentement, place de l'église*, preuve écrite de son infamie. Mon quatrième journal fait décidément beaucoup parler autour du clocher et dans les rues avoisinantes de ce village qui ne vaut pas d'être distingué.

– Vous n'êtes pas trop embêtée par ce qu'écrit votre cousin ?

La bouchère veut tout savoir, la crémière aussi, elles ne sauront rien. La Baronne s'amuse follement d'avoir à répondre de moi, son cousin de la cuisse gauche, qui vient de l'anoblir pour agacer les mémères. Elle leur répond hautement, en plaquant sur ses lèvres un sourire pincé qui lui va bien.

– Ça chuchote dans mon dos, certaines changent de trottoir, le maire ne m'a pas dit bonjour à l'enterrement du notaire, peut-être qu'il ne m'a pas vue...

Ce petit monde chamboulé par ma faute me fait un peu pitié. J'aime que la Baronne, qui est bien bonne, s'en gausse et ne rase pas les murs en allant faire son marché.

Inouïe quand même que cette bourgade, jamais citée nulle part, prenne des airs de Chaminadour sur son passage et guette derrière ses volets mes allées et venues. Et pourquoi donc ? Je n'aurais pas dû écrire que l'ancien curé d'Aixe-sur-Vienne s'est suicidé. J'ai scandalisé quelques chaisières en révélant ce que chacun sait par ici, le saint homme ne buvait pas que du vin de messe. Et alors ? Où est le drame ?

C'est incroyable l'importance que s'accordent ces gens-là qui n'en ont aucune.

La Baronne leur tient tête crânement. Le contraire m'aurait déçu.

Paris, 29 mars

Isabelle Alonso a le même sourire que ma cousine Lucienne Alonso. Toutes mes cousines ou presque s'appellent Alonso, plutôt brunes avec un petit genre espagnol, des femmes qui ont « du chien », comme dirait ma mère. C'est cela : Isabelle Alonso a du chien. Elle peut mordre. À la télévision, où on l'invite souvent, elle est la spécialiste outragée du droit des femmes à disposer d'elles-mêmes, et à se mêler de nos affaires, ce qui est grotesque, sur un ring de boxe, dans une caserne ou sur les bennes à ordures de la ville de Paris. Et pourtant, malgré son discours hystérico-féministe, je ne peux pas me défaire d'une sympathie pour elle. Cette femme-là me plaît bien parce qu'elle ne ressemble pas à ce qu'elle raconte, on ne la voit pas du tout en adjudant-chef. Il n'est d'ailleurs pas certain que son jeune amoureux, qui est joli, marcherait au pas. Elle est venue à son bras au dîner que j'avais organisé pour lui dire que ma mère la trouve adorable et que moi-même, finalement, je brûlais d'envie de l'embrasser mais de la confondre aussi, de la provoquer un peu. Il n'en a rien été, j'ai même vu le moment où nous allions tomber d'accord sur la mauvaise tournure que prend l'Éducation nationale, « depuis mai 68 », ai-je ajouté, et Isabelle n'a pas bronché.

Sur la guerre, le grand sujet du jour, j'ai prétendu, une fois encore, que les femmes ne devaient pas aller au front car nous avions besoin d'elles à l'arrière pour nous soigner, par exemple... à l'hôpital ou au bordel... Isabelle pense, au contraire, qu'elles peuvent prendre les armes. C'est affreux mais c'est ainsi, il y a des femmes qui pensent que ce geste-là, atroce s'il en est, leur appartient au nom de l'égalité. L'égalité, cette foutaise ! Nous ne nous sommes pas disputés pour autant, je n'avais pas l'énergie que je déploie quand on me cherche sur les plateaux de télévision. J'en aurais eu pourtant des choses terribles à lui dire sur la meute des « chiennes de garde » qu'elle a lancée à nos trousses, pauvres garçons, mais je suis parfois las d'avoir à répéter cette évidence inadmissible : il y a heureusement beaucoup de différences entre un homme et une femme.

J'accuse de crime contre l'humanité les hommes qui frappent des femmes, on appelle cela violence conjugale dans les journaux. Elle commence aujourd'hui dans les cours de récréation. Je ne me range pas derrière le drapeau des copines d'Isabelle Alonso.

Ce qui m'a attendri et rassuré sur les limites de son militantisme échevelé, c'est le regard qu'elle pose sur son amoureux. Pour changer de conversation, nous avons joué à « qui couche avec qui ? ». Ce fut enjoué comme chaque fois qu'il s'agit de prêter de bonnes ou de mauvaises fortunes à nos amis. Plutôt des mauvaises, des perdues d'avance. Comme cela ne va pas forcément bien pour nous, on aime autant que cela ne marche pas mieux pour eux.

Morterolles, 3 avril

« J'ai tellement à vous dire que je ne sais plus par où commencer. C'est mieux ainsi. J'ai vingt-deux ans, je fuis la lumière et le bruit en général, je suis un mec qui rentre chez lui. Mon adolescence (que je n'ai pas finie) n'aura été vouée qu'à Pierre Desproges, lui qui savait si bien me toucher. Bref, je suis un original.

« "Passer pour un con aux yeux des imbéciles est un plaisir de fin gourmet."

« Côté religion et sexe, je suis croyant, mais non pratiquant. Je suis votre face cachée : j'aimerais baiser furtivement avec des femmes mûres et le soir rejoindre des hommes pour parler littérature. À mes yeux, vous êtes l'un des ultimes dépositaires de cette langue surannée qu'est devenu le français. L'intelligence, c'est mettre des mots sur des maux. Je ne savais pas qu'il était réconfortant de se sentir compris par un inconnu.

« Aujourd'hui comme demain, j'affronterai l'ennui jusqu'à ce que mort s'ensuive. Loin de moi l'idée de me plaindre. C'est le tarif. Merci. »

Cette lettre est signée Nico, pour Nicolas, en date du 1er avril à Villiers-sur-Marne. Je viens de la lire au téléphone à Pierre S. et à Philippe Besson qui pensent comme moi que ce garçon a un ton indéniable. Si je ne me suis jamais intéressé à Pierre Desproges, lui en revanche m'intéresse énormément. « *Ecce homo* », a-t-il écrit au dos d'une photo d'identité de lui à dix ans environ. Pierre S. me précise que cela signifie « voici l'homme » en latin. Qu'il vienne ! Les garçons qui projettent de « baiser furtivement avec des femmes mûres » sont récupérables. Ce Nico est un peu péremptoire, mais il a de bonnes intentions, il ne doit pas manquer de caractère et être un peu polisson. Sur sa bouche d'enfant on devine déjà la gourmandise du sexe, son regard noir est dominateur. Nico fera pleurer les femmes. Qu'il vienne ! Je lui parlerai littérature tard dans la nuit et s'il ressemble à sa photo...

Morterolles, 6 avril

Sur cette photo prise à Montréal, au bord du Saint-Laurent, par Serge T., mon sourire est si trompeur que j'y crois moi-même. Sébastien m'a dit : « Jamais tu n'as été si beau. »

Il faisait moins trente, c'était il y a deux mois, un siècle. Le retrouverai-je bientôt ce sourire impensable qui fit s'exclamer Sébastien la semaine dernière en découvrant la photo sur mon bureau à Paris ? Je vais la classer maintenant parmi d'autres dans des boîtes en carton, rangées elles-mêmes dans les tiroirs du chalet où repose ma jeunesse. Si je reviens sur mon sourire, qui m'apparaît impensable, c'est que tout est fini, qu'il sera le dernier, que je vais mourir prochainement.

Je me dis cela chaque matin, après quoi j'écris des livres, je chante, je cours à la télévision et chacun se réjouit de ma bonne mine. On se demande où je puise mon énergie. Je n'en sais rien. Stéphane me manque comme jamais. Épuisé moralement et physiquement par ma course folle de l'hiver, sur les scènes et devant les caméras, lui seul pourrait m'aider à surmonter la mélancolie, le chagrin. Mais je n'aurais pas de chagrin s'il était là. S'il était là, c'est lui qui m'aurait dit : « Tu n'as jamais été aussi beau. »

Morterolles, 11 avril

Le chaos à Bagdad. Foules hideuses, en liesse, qui pillent en hurlant les épiceries, les musées, même les hôpitaux, une joie mauvaise partout. Spectacle dégoûtant de la rue qui prend sa revanche en crachant sur les portraits du dictateur introuvable. Scènes de guerre déjà vues que l'Histoire répète sans fin de Bucarest à Belgrade. Un salaud et les siens chassés, d'autres arrivent. Ils sont déjà là, à tous les carrefours, prêts à se tuer entre eux, à tuer celui qui passe. La guerre civile peut commencer.

Qui rétablira l'ordre en Irak, vite ? Les Américains ? Un temps peut-être, mais les Irakiens ne veulent pas d'eux, ni des Anglais, ni des Français. Ils veulent la liberté ! Ils trouveront bien un dictateur pour la leur promettre et tout rentrera dans l'ordre.

Morterolles, 12 avril

La lettre égarée de Gabriel Matzneff. Il a dit hier soir à Serge T. qu'il m'avait écrit de Venise après avoir lu mon journal. Mon silence a dû l'étonner, mais je n'ai jamais reçu sa prose vénitienne et je suis dépité de ne pouvoir m'en réjouir. L'ai-je dit : la culture flamboyante de Matzneff m'intimide. Il est mon voisin du quai d'en face, à Paris, je vais l'inviter à traverser la Seine, un soir prochain, pour le remercier de penser à moi à Venise.

Morterolles, 13 avril

Jérôme, mon lecteur de Chambéry, m'envoie la copie des lettres solennelles qu'il adresse en rafale à toutes les autorités du pays pour les prier de me gratifier au plus vite de tous les rubans et médailles en leur possession. Le maire de Limoges, le président du Conseil régional du Limousin et ses adjoints, le préfet de Haute-Vienne sont les premiers visés. Je ne demande rien, et surtout pas à ceux-là qui ne savent même pas mon existence. En voulant bien faire, Jérôme en fait trop. Je ne déteste pas les décorations, j'ai eu mon compte. Je ne voudrais pas laisser croire que je guide la main qui quémande sans ma permission. Le président de la République, le ministre de la Culture, les sénateurs et leurs suppléants, madame le maire de l'île Saint-Louis, les députés de la Creuse, passe encore, ils ne verront pas ce courrier. Le maire de Paris, lui, n'y coupera pas, le double de sa lettre est là, sur mon bureau, et l'original déjà sur le sien.

Et ça m'embête vraiment que lui puisse penser, fût-ce une seconde, que j'en suis là. J'ai beaucoup de choses à demander à Bertrand D., mais pas ça. S'il veut m'être agréable, plutôt que de me décorer il peut faire sauter la tour Montparnasse et Beaubourg, autoriser la réouverture des lupanars, faire payer l'entrée des voitures au centre de la capitale et traquer jour et nuit, samedis, dimanches et fêtes, les propriétaires de chiens, leur faire manger leurs excréments et leur présenter l'addition. Oui, je réclame des milices chargées de défendre la ville à ceux qui la pourrissent. Des miliciens gentils, en rose et vert comme des anges, dans les rues de Paris, sautant à notre cou.

Morterolles, 14 avril

Un vieux prêtre charentais de Cognac m'écrit : « Moi aussi, j'ai mon Stéphane et, au fur et à mesure que l'âge avance, je tremble en pensant à la séparation. Stéphane, le tien, le couronné, est déjà dans la gloire et t'attend. Je l'ai inclus dans la liste des êtres aimés que je rencontre quotidiennement dans la prière. Je lui demande de ne pas t'oublier et de soulager ta peine. » Et il signe sa lettre : « Un ami qui passait. »

Il me tutoie et s'en excuse, il préfère sans doute qu'on l'appelle Christian plutôt que « mon père », peut-être même qu'il porte des pantalons de jean et joue au volley-ball avec des galopins. Je le vois d'ici, avec des bagues à chaque doigt, comme le chevelu ridicule qui vient de bénir le mariage du prince héritier de Belgique, un de ces prêtres modernes, tellement modernes que le Bon Dieu lui-même ne les reconnaît pas. Je vais répondre à Christian en l'appelant « mon père » et en le vouvoyant, le remercier pour les mots affectueux que mes livres lui inspirent et pour l'amour de Stéphane, le sien, le mien. S'il n'a pas de bague à chaque doigt, ni de colliers ni de barbe, s'il ne vote pas pour les écologistes, qu'il me pardonne de l'avoir soupçonné de tant de vilenies, mais je me méfie d'emblée des curés copains et des sœurs Emmanuelle. La bonté en sautoir est un bijou en toc.

On lynche maintenant dans les rues des villes de l'Irak en ruine. La fête en sang. Les esclaves déchaînés se montrent aussi féroces que leurs bourreaux.

Morterolles, 16 avril

Suite littéraire et clochemerlesque au suicide de l'ancien curé d'Aixe telle que je l'évoque de façon plaisante dans mon journal de l'année dernière en date du 22 septembre.

« Un écrivain baveux, de sa plume perverse, a souillé la mémoire de celui qu'on aimait, qu'on respectait aussi, un brave homme bourru, fait comme nos châtaignes, un grand cœur en dedans et tous piquants dehors.

« Cela pour de l'argent et pour la gloire pourrie d'un très petit esprit qui ne pouvait mieux faire. Et pour une puissance, puissance très malsaine, puissance du mensonge, puissance de la haine, guidée par les ragots de toutes les espèces d'une femme stupide et malfaisante aussi, se prenant un peu trop pour un grand personnage, nouvelle agence-presse, issue de cette boue qui pourrit les eaux claires.

« Et il a même osé attaquer le grand chef, cet apôtre émouvant, tout rayonnant de foi.

« C'est alors qu'arriva, tout au bord de nos lèvres, ces mots de Jésus-Christ, mourant sur une croix : "Père, pardonne-leur car ils ne savent ce qu'ils font." »

Cette prose épaisse qui nous vise, la Baronne et moi, est d'une vieille toquée qui ne la signe pas, mais la fait distribuer en photocopie la nuit venue sous les portes des bonnes gens d'Aixe. Il ne devait pas faire bon être son voisin pendant la guerre si l'on était juif, communiste, ou les deux à la fois. Comme la Gestapo n'est plus dans les parages, nous rions en traversant la place de l'église, la Baronne et moi, enchantés que nous sommes d'être les bêtes noires d'un corbeau. Les libraires alentour font des affaires. On me lit sous le manteau.

Morterolles, 17 avril

La veuve du docteur B. habite une solide maison de pierre aux proportions bordelaises, une maison qui ne va pas s'envoler de sitôt dans un village au-dessus de Morterolles, à la frontière de la Creuse, là où il ne se passe plus rien depuis la guerre de Cent Ans. Un monde immuable qui accepte sans broncher le cours des choses et du temps, où les hortensias fleurissent une année sur deux, où quelques pas séparent les jardins potagers du cimetière. Les trains ne s'arrêtent plus à la gare de Bersac, ils filent vers Toulouse, personne ne descend là et c'est une chance pour nous qui ne voulons voir personne. Tout est fermé le dimanche de Pâques, on est en France ici, derrière ses volets. La veuve du docteur B. n'était pas veuve lorsqu'elle m'invita à sa table la première fois, il y a quarante ans, pour un déjeuner de vacances avec ses filles et les amies de ses filles. J'avais l'âge idiot où les garçons imaginent que c'est obligatoire de regarder les filles et de les embrasser.

Elles sont grands-mères aujourd'hui, les filles du docteur B. et de la grande Fabienne, son épouse, qui nous recevait hier à dîner, le Duc, sa femme, Jacques et moi. Jacques est en passe de devenir la coqueluche de ces dames parce qu'il a les yeux bleus, trente-cinq ans, et les accompagne volontiers à la messe qu'il saurait dire en latin si le curé le lui demandait. Ce qui n'arrivera pas. Enfin, je suis content qu'il se plaise par ici où rien n'est prévu pour retenir les populations qui s'ennuient qu'un feu d'artifice le 14 juillet, s'il ne pleut pas.

La grande Fabienne que ses neuf enfants vouvoient vit seule désormais avec un chat et des livres. Aux murs, des peintures du docteur, des photos de mariages, de baptêmes et de communions. Partout des fauteuils, des buffets, des pendules, de la porcelaine et de la verroterie, des chapeaux de paille. Une brocante. Une vie.

La grande Fabienne ne s'ennuie pas, elle n'a pas peur, c'est une bourgeoise altière avec des mains trapues de paysanne qui taille elle-même le rosier pleureur qui protège la tombe, devant sa maison où repose, depuis si longtemps déjà, une enfant, sa chère petite. Elle croit qu'au ciel tout s'arrangera, il y a des soirs comme cela en province où nous sommes nous aussi disposés à l'éternité.

Morterolles, 20 avril

Drucker me rappelle, il veille son frère aîné, son presque jumeau, son double adoré.

« C'est la télé qui l'a tué, ce monde impitoyable, comment avons-nous fait pour tenir, toi et moi, et jusqu'à quand et pourquoi ? »

Parce qu'un jour ils ne me verront plus à la télévision, les gens me croiront mort, et peut-être le serai-je !

Morterolles, 21 avril

Depuis le 21 avril 2002, ce jour « sinistre » où le bon peuple de France a voté comme il ne fallait pas, l'amicale des démocrates affligés porte en bandoulière le deuil de ses illusions. Ces gens-là sont imbuvables, leurs jérémiades indécentes. Voilà qu'ils voudraient qu'on commémore avec eux l'anniversaire de leur défaite.

Eh bien, non ! Nous laisserons les démocrates se débrouiller avec la démocratie, cette fille perdue qu'ils vénèrent uniquement quand elle couche avec eux.

La pédophilie est dans quatre-vingts pour cent des cas une affaire de famille. On s'en doutait. Le président d'une association nommée « Enfance et Partage » vient de le reconnaître au micro d'Europe n° 1.

Des parents considèrent les enfants comme des jouets, leurs jouets, ils s'amusent avec eux, ils les caressent et les cassent. Les frères, les cousins, les grands-pères et les tantes sont parfois dans le coup. Une belle fête de famille, juste à côté de chez nous.

Pourquoi se gêner puisque aucune loi ne sanctionne cet abus de pouvoir scandaleux : faire des enfants, par inadvertance ou par désœuvrement, et s'amuser avec pour les mêmes raisons.

Morterolles, 22 avril

Il y a maintenant un tatoueur, poseur de piercings à Guéret, rue de l'Ancienne-Prison, sous les fenêtres de la maison familiale de Jouhandeau, à la place même de la boulangerie de sa grand-mère Blanchet. Quel monde gracieux que le nôtre où les filles se font percer le nez comme les vaches !

Morterolles, 23 avril

Il m'a dit : « Bonjour monsieur. » S'il avait porté une casquette, joignant le geste à la parole, il l'aurait sans doute soulevée. Il m'a dit : « Bonjour monsieur », et c'est tellement impensable d'entendre des choses pareilles sortir de la bouche d'un jeune homme que je ne m'en remets pas. Je lui ai répondu : « Bonjour, mon garçon », et il a repris son travail qui consiste à reconstruire le mur de la berge du grand étang qui menace de s'effondrer devant la maison. Je ne connais pas son prénom, il n'a évidemment pas lu mes livres... Sait-il seulement que j'en écris ? Mais il m'a dit : « Bonjour monsieur », la chose la plus extravagante que l'on puisse dire de nos jours. Son patron, pourtant brave, m'a gratifié d'un bonjour sec qui, pour le coup, résonna à mon oreille plus vulgairement que d'ordinaire. Je me suis mordu la langue pour ne pas lui demander : « Bonjour qui ? » Comme nos mères nous reprenaient lorsque nous manquions à la plus élémentaire des politesses. J'évoque ce mot de politesse par vice, sachant que cette incongruité sera retenue contre moi. Quel sale type quand même que celui-là qui préfère les femmes en robe plutôt qu'en sergent de ville, les messes en latin, Haussmann à Le Corbusier ; et qui veut, en plus, qu'on lui dise : « Bonjour monsieur ! » Un sale type oui, et qui finira par ne plus répondre aux bonjours insultants de la moitié du monde.

Paris, 25 avril

« Pauvres ou riches, nobles ou roturiers, fils et filles de croyants ou de mécréants, ils étaient égaux dans le sanctuaire de l'Éducation. Ce n'est pas pour rien qu'il y a eu des uniformes dans les écoles britanniques et qu'il y a eu des tabliers dans notre chère école laïque, obligatoire et républicaine. On pensait que l'affirmation de la différence, les enfants auraient toujours le temps de s'y livrer à l'âge adulte. L'anticolonialisme nous a conduits au culte de la différence tolérée. Le civisme républicain doit exiger la recherche de la ressemblance. C'est ce qu'on aurait dû apprendre aux enfants si on avait compris que le droit du sol sans l'intégration dans les traditions du pays d'accueil, c'est la résignation à une société multicommunautaire dont chaque composante cherche à faire prévaloir ce qu'elle appelle “ses” droits. »

Nous ne disons pas autre chose, nous que l'on traite au mieux de réactionnaires, quand ce n'est pas de néo-nazis. Par chance, on lit cela dans *Le Nouvel Observateur* de cette semaine sous la plume de saint Jean Daniel, le patron, et pour que notre bonheur soit complet, trois pages plus loin, Jacques Julliard, le plus pertinent des éditorialistes du même journal qui en compte quelques-uns, écrit ceci qui nous ravit, nous les suppôts du maréchal Pétain :

« Ferry voudrait rétablir l'autorité à l'école, et il a raison. Nous savons depuis Platon qu'il n'est pas de pédagogie qui ne se fonde sur l'admiration. Comment voulez-vous qu'un enfant ou un adolescent apprenne quelque chose de quelqu'un qu'il traite régulièrement de “vieux con” ou de “salope” ? Je lis chez les pédagogues que désormais l'autorité du maître, c'est à lui de la mériter. Grands dieux ! mais non. L'autorité du maître, c'est avant tout celle du savoir. L'école est un lieu fondamentalement inégalitaire, qui vise avant tout à communiquer le savoir. Sinon, c'est un no man's land, situé quelque part entre la nursery, la maison de redressement et l'asile d'aliénés. »

En somme, les gens du *Nouvel Observateur* ont le droit d'écrire ce que nous n'avons même pas le droit de penser de peur que notre nez bouge, de nous faire repérer par les gens du *Nouvel Observateur* et qu'ils censurent notre littérature pas vraiment progressiste.

Devons-nous l'admettre et nous en excuser ?

La Baule, 26 avril

Conférence-débat cet après-midi dans une salle municipale derrière le casino. Stéphane Hoffmann, qui l'avait organisée, l'espérait littéraire. L'entrée était gratuite. Une femme en cheveux, prise de boisson, me demande si j'avais bien connu le chanteur Claude François. Je lui réponds que je n'étais pas né quand il est mort.

Ce fut charmant, ce séjour à La Baule où je n'étais jamais venu. Deux jours au bord de l'Atlantique sous la pluie, à l'invitation d'un homme qui aime la littérature et me promet l'Académie française à chacune de nos rencontres.

Vincent lui a offert un cigare cubain, nous avons bu du cognac en parlant de Chardonne. Deux jours parfaitement démodés, très à mon goût. Le groom de l'hôtel Royal l'était aussi.

Morterolles, 1er mai

Dans la première version de mon testament, en août 99, je désignais une quinzaine d'héritiers. Je me revois écrire leurs noms affectueusement, sûr de leur loyauté, sinon de leur amour, je n'en demande pas tant. Je me revois, pressé d'en finir avec ce que j'envisageais comme une formalité, presque heureux, soulagé en tout cas de n'avoir plus à y penser.

Pauvre garçon ! Si j'étais mort précipitamment, douze moins que rien vivraient de mes rentes.

Morterolles, 2 mai

Marc Olivier me rapporte que Christophe Girard, avec lequel il dînait chez des amis communs, est très marri de mon insolence à son endroit, qu'il se demande pourquoi je lui en veux.

Je ne lui en veux pas, j'ai simplement relevé l'une de ses déclarations d'un ridicule indépassable. Une spécialité verte, le ridicule. Mais peut-être, après tout, n'est-il pas le pire des zozos écolos qui siègent à la mairie de Paris. Matzneff m'assure que c'est un homme de bonne compagnie. Qu'il soit fâché avec la moitié de Paris ne prouve rien, en effet, mais qu'il se taise, le conseil de Paris, où il siège, n'est pas la Cage aux folles.

Morterolles, 3 mai

Il y a une petite marche pour passer de la salle à manger au salon. Ma mère a dit : « Stéphane n'oubliait pas de me donner le bras. » Elle a dit aussi : « Je suis allée avec ta sœur porter un géranium sur la tombe de Papa et de Stéphane. »

Elle ne me demande jamais comment je fais pour supporter son absence, elle sait bien que je ne la supporte pas, mais elle ne manque pas une occasion de prononcer son prénom pour le ramener entre nous, en famille. Elle le vouvoyait, il l'appelait mémé.

Stéphane au bras de ma mère, ce bonheur inimaginable.

Morterolles, 4 mai

Morlino, qui ne loupe rien, m'appelle à l'instant pour s'assurer que j'ai bien relevé la déclaration de Bardot au *Figaro TV* : « J'ai toujours été l'homme de ma vie. »

Paris, 5 mai

« On a beau dire ce qu'on veut, le docteur Goebbels était un homme très bien élevé. »

La pétulante fantaisiste qui s'extasie ainsi n'a plus vingt ans depuis longtemps, on s'en doute, mais quel tempérament, quelle gaieté parisienne ! Benoît Duteurtre pouffe en nous rapportant cette parole exquise d'une délurée qui brûla les planches des music-halls et fit tourner en bourrique les metteurs en scène de cinéma les mieux disposés. Je la connais bien moi aussi qui partage avec Benoît une passion louche pour les femmes fatales, mais je ne la nommerai pas.

« Elle t'adore », m'a dit Benoît, tu ne peux pas lui faire ça !

Paris, 6 mai

Il fume des Gitanes légères le soir après dîner quand il est content. Il a laissé son paquet sur la table du salon hier en me quittant vers minuit. Comme je lui faisais remarquer qu'il pourrait lui manquer, il m'a répondu : « Non, ma femme ne veut pas que je fume à la maison, je reviendrai fumer ici, ce sera ma cachette secrète. »

Les jeunes hommes mariés sont des enfants qui brûlent d'envie de faire des bêtises avec nous.

Paris, 9 mai

La question ne se pose pas. Si le choix lui était donné, Bertrand D. ferait sauter la tour Montparnasse et non pas Beaubourg. Je m'en doutais.

– Jamais je ne toucherai à cette merveille de l'art contemporain. Je te rappelle, mon petit Pascal, que ton cher François Mitterrand y allait souvent et, pour que ton bonheur soit complet, je te rappelle aussi que c'est lui qui avait commandé à Niki de Saint Phalle ces grosses femmes qui dansent sur l'eau du bassin, et que tu adores bien sûr...

Bertrand était de belle humeur la nuit dernière à la maison où j'avais réuni une bande d'intellos blagueurs. Il a bu du vin rouge et volé quelques cigarettes à Benoît Duteurtre. Nous avons dit des bêtises et du mal de nos voisins. Ce fut parfait.

J'ai tapé aussi fort que possible sur les écolos, ces excités qui ne tarderont pas à lui mener une vie d'enfer. J'ai abusé largement des circonstances pour lui asséner quelques messages qu'il a feint de ne pas recevoir, mais dont il fera peut-être bon usage.

L'ambiance fut à la rigolade, la passe d'armes avec Jérôme Béglé un régal, les interventions tonitruantes de Philippe Besson bienvenues.

– Vous avez compris, monsieur le Maire, qu'il n'y a pas que vous et moi de gauche ici ce soir !

Bertrand avait bien compris, mais rien ne l'amuse, ne le détend, comme d'avoir à répondre à mes persiflages, je hurlais pour faire rire l'assemblée : « La parole est à l'opposition ! »

– Je te rappelle, mon petit Pascal, qu'en 81 tu penchais plutôt pour les yeux bleus de Paul Quilès qui voulait que les têtes tombent...

– Oui, monsieur le Maire, je me souviens, c'était autrefois à Montmartre chez Dalida ou chez moi, nous n'avions pas trente ans et des idées folles...

Paris, 11 mai

« Ici vit Alain Paucard, écrivain méconnu. »

On pouvait lire cela, gravé sur une plaque de cuivre accrochée sur la façade d'un immeuble du XIVe arrondissement, entre celles d'un docteur connu du quartier et d'une voyante extralucide. On pouvait, car on ne peut plus. Un envieux, qui aurait tant voulu être lui aussi un « écrivain méconnu », a arraché la preuve du délit, hier à la nuit tombée.

Ce titre d'écrivain méconnu, que mon ami Paucard croyait pouvoir s'attribuer en toute impunité, les cons le lui refusent.

« On les aura », s'écrit-il en conclusion de toutes nos conversations téléphoniques. Je crains que non, hélas.

Toulon, 12 mai

On reproche tout à Bardot, tout et le contraire de tout, c'est le privilège des stars, de ces femmes et de ces hommes que nous avons élus pour faire et dire ce que nous n'osons pas. Bardot est née pour scandaliser le monde et c'est très bien ainsi.

Je n'aime pas qu'on l'embête, qu'elle danse cheveux défaits les fesses à l'air sur une plage ou qu'elle défile en chignon à la tête d'un cortège de la ligue de défense des oiseaux. De toute façon, elle aura tort. Il est entendu que Bardot a tort, de toute façon.

Cessons de lui demander de se conformer, elle ne se conformera pas, la morale bourgeoise n'est pas son genre de beauté. Elle aura libéré la femme plus sûrement que Moulinex et Simone de Beauvoir réunis. Pour cela, il lui sera beaucoup pardonné. Je voulais le dire hier dans l'émission que Marc Olivier lui consacrait, où il m'avait invité en avocat de la défense, un rôle que je ne refuse pas face à la meute. Bardot aura passé sa vie face à la meute des hommes, et l'on s'étonne qu'elle préfère celle des chiens ! Si le genre humain ne m'emballe pas beaucoup moi non plus, c'est à lui malgré tout que je réserve ma compassion, je l'ai dit pour que ma défense soit irréprochable. Brigitte n'a pas cédé, têtue comme une mule, elle a répondu à Marco qu'elle pensait le contraire et que si cela ne plaisait pas c'était le même prix. C'est plus fort qu'elle, il faut toujours qu'elle en rajoute puisque nous ne voulons pas la comprendre.

Un psychanalyste, pas trop bête pour une fois, a dit que si Bardot était sans indulgence pour les hommes, c'est qu'ils l'avaient traquée comme un animal. Un constat pertinent que personne n'a relevé, que Brigitte elle-même n'a pas entendu, ivre de la douleur qui lui brise la hanche droite et qu'elle s'efforçait de contenir. Un animal, on n'en sort pas.

J'ai tenu sa main longtemps dans la mienne, qu'elle ne lâchait plus. Sûre de pouvoir compter sinon sur ma complicité, en tout cas sur mon affection et mon respect, elle voulait que je reste.

Marc Olivier m'a signifié discrètement que mon tour était passé, que je pouvais disposer, ce que j'ai fait. Après, ce fut terrible. J'aurais été bien malheureux d'être mêlé à « ça », que Marc Olivier ne pouvait éluder sans risquer les foudres des inquisiteurs du *Monde* et de *Télérama*. « Ça », c'est-à-dire un interrogatoire de police qu'il a mené, désolé, mais qu'il a mené quand même. Affreux. Arrêtons !

Bardot n'a pas de comptes à nous rendre, elle ne nous doit rien sinon cette sale gloire souillée des fantasmes des hommes qui crachent sur elle aujourd'hui, moins joliment qu'hier sur la couverture de *Cinémonde* quand ils avaient seize ans et leur main droite pour seule alliée.

Le regard que les femmes posent sur Brigitte Bardot n'est pas irréprochable non plus.

Personne n'est blanc-bleu dans cette affaire louche qui commence quand les lumières s'éteignent, dans un cinéma de quartier à la fin des années cinquante, et que nous ne savons pas encore que la vie ce n'est pas du cinéma.

En mer, 13 mai

Lulu est revenu.

– Tu m'emmènes en croisière avec toi, Papou ?

Revient-il pour le soleil et la mer, ou pour moi qui ne l'attendais plus ? N'importe, il est là, sur ce bateau où nous voguerons une semaine, où je chanterai jeudi soir puisqu'on me paie très bien pour cela.

Cheveux longs mal coupés, collants de brillantine, Lulu n'est plus Lulu, il fume des cigarettes et ne refuse pas un verre de vin blanc. Il rit encore comme avant, mais rien n'est plus comme avant.

Pas déjà, pas si vite, me suis-je dis en le retrouvant

sur le quai de la gare de Lyon, aussi beau qu'hier vraiment, mais trop grand pour moi qui aurais tant voulu le garder sur mes genoux. Dégrisé de son enfance, Lulu me paraît perdu. S'il est revenu s'accrocher à mes basques, c'est qu'il ne va pas très bien, quoi qu'il en dise. Quand les enfants reviennent, c'est qu'ils ne vont pas très bien. Lulu s'impatiente, sera-t-il bientôt chanteur des hit-parades comme il en rêve éperdument ? Cet espoir le fait courir, ce doute le ronge. Les conseils que je pourrais lui donner ne valent rien, il n'en fera qu'à sa tête, il a même choisi un nom d'artiste qui ne lui ressemble pas. Je serai donc le dernier à l'appeler Lulu, ce sera mon privilège, notre secret. Si, par extraordinaire, la gloire lui venait, il oublierait jusqu'à mon nom, je sais cela qui ne m'empêche pas de l'aimer et de poser mes lèvres sur les siennes, comme lorsqu'il était petit et qu'il suçait son pouce en attendant mieux.

En mer, 14 mai

Des heures d'oisiveté interminables, allongé dans ma cabine, la mer pour seul horizon, le vide dans ma tête ou le trop-plein. Des images qui se bousculent dès que je ferme les yeux, Stéphane partout. Je ne sais même pas quelle terre se cache au bout des vagues, je me laisse emporter où l'on voudra, sûr que je suis de n'être heureux nulle part. La Méditerranée encore une fois : Palma de Majorque, Tunis, Malte, rien, des palmiers, l'arbre le plus désespérant du monde, et du sable pas très loin, des cartes postales, du vent.

Je ne supporte la mer qu'au masculin quand on l'appelle l'océan et qu'il se retire sous nos pas, mais les gens veulent la Méditerranée qui ne rime à rien sinon dans les opérettes.

Palma de Majorque, 15 mai

« Le bonheur des autres, si tant est que ce soit un bonheur, ne m'inspire aucune envie, en général je lui préfère mille fois mon "malheur". »

Renaud Camus, qui note cela dans son journal 1994, prend soin de mettre des guillemets à son malheur, une manière de reconnaître implicitement qu'il n'est pas bien grand.

L'idée que les autres se font du bonheur n'est pas la mienne non plus. Je ne comprends rien à ce qui les enchante, je ne participe à leurs jeux que par politesse. Les voyages que je ne ferai pas, les enfants que je n'aurai pas, aurai-je un jour à les regretter ?

Tunis, 16 mai

Notre effarement avenue Bourguiba où l'on croise maintenant des femmes décolorées, boudinées dans leurs blue-jeans, un téléphone portable à l'oreille, une cigarette à la bouche... Oui, notre effarement à Philippe et à moi qui regrettons le ballet si mystérieux des femmes sous leurs voiles, noir, blanc, bleu outremer parfois, des femmes qui s'envolaient quand on passait près d'elles.

Sont-elles plus heureuses, plus libres, déguisées ainsi comme partout, affligeantes poupées de fêtes foraines ? Avenue Bourguiba à Tunis, les réverbères, eux, sont plus élégants que sur les Champs-Élysées.

À Sidi-Bou-Saïd, nous avons marché sur les pas de Frédéric Mitterrand qui venait de passer par là où il passe souvent. Ce sont les vendeurs de glaces et de jasmin qui nous l'ont dit. Comme il allait pleuvoir, un marchand de tapis m'a invité à boire du thé au fond de son gourbi, il m'a dit que j'étais « aussi beau qu'à la télévision », il avait juré la même chose à Frédéric, probablement. Les garçons de Sidi-Bou-Saïd sont très accueillants, on peut les suivre sans crainte, ce qu'ils attendent de nous n'est pas sorcier, nous leur donnerons.

Capri, 17 mai

Il ne faut pas croire aux chansons. Il pleut sur Capri comme à Ostende un matin de novembre. C'est aussi bien, je n'avais d'ailleurs pas l'intention de descendre, lassé d'avance à l'idée de baguenauder à travers les trois rues marchandes d'un de ces ports de la Méditerranée où défilent en rangs serrés des touristes accablés.

Il faut que l'on me paie pour que je consente à me laisser entraîner vers ces contrées du Sud qui me désolent absolument. En première classe, dans la suite royale d'un paquebot de luxe, c'est encore supportable.

« Clermont-Ferrand accueille jusqu'au 19 mai un festival d'un genre un peu particulier, les Homosaïques. Ces rencontres, sixièmes du nom, sont l'œuvre de l'Agile (Association des gays impertinents et des lesbiennes endiablées). »

Cette information essentielle qu'on appelle « brève » dans les journaux, Philippe vient de la dénicher dans un *France-Soir* d'avant-hier. Il ne s'en remet pas : « les lesbiennes endiablées », c'est au-delà de ses forces, son rire comme un hurlement ininterrompu ameute les coursives.

– Je n'ai pas bu, je ne rêve pas, j'ai bien lu, me dit-il en me tendant le journal... Indépassable, dantesque, cosmique...

C'est vrai, on s'attend à toutes sortes de choses cosmiques dans la vie, mais pas à des « lesbiennes endiablées », ça non !

En mer, 18 mai

Presque midi, Lulu, qui sort de son lit, débarque dans ma cabine à moitié nu, un tube de crème solaire dans une main, un livre dans l'autre.

– Tu sais quoi, Papou ?

– Non, mais je vais le savoir.

– J'ai lu en entier le livre de Brigitte Bardot. C'est super, elle a écrit tout ce que je pense...

Ces pages de braise qui font hurler le VIe arrondissement de Paris, que ni Albin ni Michel n'ont voulu publier, elles emballent Lulu, un jeune homme de vingt-cinq ans normalement constitué, et naturellement assez doux. Les « droits-de-l'hommiste patentés » repasseront, Lulu n'en a cure. Brigitte pense comme lui.

– Tu sais quoi, Papou ?

– Dis-moi, mon fils.

– Je vais lui écrire à la Madrague, parce que tu vois, Papou, Brigitte elle est pas raciste, elle est belle. C'est les autres qui sont moches !

En mer, 19 mai

La Baronne boit du Martini gin blanc. Comme Louise dans le roman de Philippe B. la Baronne a de ces élégances discrètes qui nous chavirent. Elle va bien avec nous, au bar bleu de ce bateau blanc où nous pourrions mourir d'ennui.

« J'ai été folle à Nevers ! » Lorsque Philippe B. contrefait Marguerite Duras, la croisière s'amuse. La Baronne sourit tellement haut qu'on ne voit plus ses yeux. Laurent, mon guitariste, en redemande. Il veut lire tous les livres de Marguerite Duras, lui qui ne lisait rien que des partitions de paso doble. On ne résiste pas au rire de Philippe, intenable par un autre que lui, il répète : « J'ai été folle à Nevers », et pour notre joie, il ajoute ceci qui vaut de l'or : « Je n'ai rien vu à Hiroshima. »

Se foutre du monde dans les grandes largeurs. Marguerite Duras avait ce don. Quand nous serons plus vieux, et plus tristes encore qu'aujourd'hui, nous nous souviendrons que Philippe disait si bien : « J'ai été folle à Nevers. »

Paris, 20 mai

« À mon avis, c'est son mari qui tire les ficelles, elle est certainement manipulée par lui. C'est lui, je vous dis... la pauvre... »

Bardot manipulée comme un pantin au bout des doigts de son mari, contrainte d'écrire des horreurs sous la menace du fouet ! La défausse est minable. Je trouve dégoûtant qu'on tente de l'excuser avec ce genre d'idioties. Faut-il être taré pour ne pas avoir compris que la belle n'a d'ordres à recevoir de personne. Les hommes n'ont jamais manipulé Bardot que dans leurs fantasmes. C'est elle qui les a envoyés valdinguer comme elle a voulu, quand elle a voulu.

Paris, 21 mai

Je viens d'adresser un mot de sympathie à Dominique Baudis. C'est plus fort que moi, je ne supporte pas les lynchages. Le président du CSA ne me doit rien, je ne lui dois rien, mais je voulais qu'il sache que je ne hurle pas avec les loups. Je ne sais rien, hélas, de ces parties de jambes en l'air dans ce château toulousain où l'on aurait vu en étranges positions des procureurs, des juges, des travestis, des politiciens et des voyous, cravaches en main, au mieux de leur forme. Je me demande même si tout cela n'est pas trop beau pour être vrai. Attendons la suite que l'on espère croustillante. À l'heure qu'il est, il s'agit de ne pas jeter l'honneur d'un homme aux chiens. Si Dominique Baudis n'a ni torturé ni tué personne, ce qui reste une hypothèse vraisemblable, alors il faudra faire avaler leur langue aux salauds qui ne sont pas toujours ceux que l'on croit.

Paris, 23 mai

Les petites filles ne rient pas, elles piaillent. « Elles sont grosses déjà de tout le mal qu'elles feront », disait Anna de Noailles à un Berl hilare. Il faut nuancer cela, injuste pour les femmes de qui nous espérons beaucoup après trente-cinq ans. Avant cet âge, en effet, elles piaillent.

Impayable : Serge T. lit Virgile la nuit et fait sonner son réveille-matin à huit heures pour ne pas rater un épisode d'« Amour, gloire et beauté ».

Écœurant : les cours d'école et les prisons où règne la loi des plus forts, donc des plus bêtes, sous le regard complice des instituteurs et des matons sexuellement hypnotisés.

Délicieux : quand Gide et Cocteau se disputaient les faveurs du petit Allégret.

Cornélien : une présidentielle Delanoë-Sarkozy.

Dégoûtant : le monde est un sexe ambulant branché en permanence sur un téléphone portable. Une partouze planétaire.

Affligeant : ma paresse aujourd'hui qui me fait noter en vrac quelques pensées décousues que j'aurais pu développer.

Paris, 24 mai

Ça m'agace maintenant cette « affaire Bardot », ce procès en sorcellerie mené par des journaleux et quelques belles consciences de la gauche bobo qui découvrent, ahuris, qu'elle n'est pas Bernadette Soubirous. Oui, ça m'agace. Elle est Bardot, ni une sainte ni un écrivain. Un mythe vivant, ce n'est pas rien.

Je ne peux plus faire un pas sans que l'on m'interpelle à son sujet, mon courrier explose de la colère et du chagrin de gens de tous âges qui me supplient de ne pas la laisser tomber. Qu'ils soient sans crainte. Je ne me débinerai pas. Elle n'est pas si seule d'ailleurs, son livre est en tête des ventes, c'est la réponse de la France d'en bas à sa bergère humiliée. Et cela me réjouit au-delà de tout.

D'accord Bardot écrit parfois comme parlent les filles du « Loft », on a raison de le lui reprocher, mais au-delà de jeux de mots vaseux, d'une prose qui n'a pas l'élégance de sa démarche, qu'écrit-elle de tellement dégoûtant qu'il faille la tondre ?

Quand je regarde la jolie photo prise par Serge T., dans sa loge où elle pose tendrement entre Marc Olivier et moi, je me dis qu'elle a de drôles de fréquentations pour une homophobe hystérique. Homophobe Bardot ? Il y a de quoi s'écrouler de rire en voyant la *camarilla* de garçons énamourés qui l'entourent où qu'elle passe. Ne voit-on pas aussi ce qu'il y a de ridicule à l'accuser de ne pas aimer les hommes après l'avoir insultée de les aimer trop ?

Malgré tout, chère Brigitte, je ne veux pas que l'on brocarde les négresses aux grosses fesses qui travaillent à l'hôpital, j'en ai connu près du lit de Stéphane de très émouvantes, des garces aussi, au teint plus clair.

Je ne crois pas non plus que les chiens puissent se laisser aller n'importe où, devant chez nous, sous nos pas, sans que leurs maîtres ramassent leurs saloperies.

Mais je pense comme vous, chère Brigitte, et comme Nicolas Sarkozy, Jean-Pierre Chevènement ou

Michel Rocard et beaucoup d'autres, que « la France ne peut pas accueillir toute la misère du monde », ni l'entasser dans ses églises, ni la parquer dans des tours, conditions contraires à la dignité humaine dont nous saoulent vos censeurs.

Mais je vous en supplie, ne nous rendez pas la tâche impossible. Si vous voulez vous amuser, venez dîner avec nous, nous disons pis encore à table mes amis et moi. Moi surtout, et Dieu sait pourtant si nous sommes des bons garçons. Et Dieu sait pourtant si le racisme n'est pas dans nos gènes ni dans nos mœurs. Alors, ça va maintenant !

Je suis né d'une mère immigrée espagnole, j'ai des souvenirs de jeunesse éblouis au Maroc et en Tunisie enlacé à des garçons, pas très catholiques, sur les tapis brodés de la chambre de leurs parents qui m'accueillaient comme un fils. J'ai grandi, appris à lire et à écrire auprès d'un Juif magnifique qui m'honora de son intelligence et de son affection.

Mes amis sont de toutes les couleurs.

Alors oui, ça va !

Morterolles, 29 mai

Papa. Je répète ce mot-là dans ma tête plusieurs fois par jour, Papa, que je ne peux dire à personne. Mon amour, ce mot-là non plus je ne peux plus le dire. À qui ? Mon amour, je me répète ce mot-là mille fois par jour, ce mot-là que lui seul aura mérité.

Il me reste un mot, un seul aussi grand que la vie et la mort que je peux dire, encore sûr d'être entendu : Maman.

Morterolles, 30 mai

Des lecteurs attentifs et passionnés me demandent fréquemment des nouvelles des personnes qui vont et viennent dans ma vie, donc dans mes livres, et qu'ils tiennent pour des héros de roman. Cela ne me choque pas du tout, au contraire, ils ont raison. La Baronne vaut bien madame Bovary, même si je ne vaux pas Flaubert.

On m'aborde dans la rue, ou à l'issue d'un spectacle, lors de séances de dédicaces : « Comment va Lulu, est-il toujours aussi charmant ? » « La femme du Duc vous accompagne-t-elle encore place de l'église ? » « Et le jeune policier qui guette vos fenêtres dans l'île Saint-Louis, l'avez-vous vu enfin ? – Celui-là, qui affole l'imagination de Renaud Camus et de quelques-uns de mes copains, je ne l'ai pas vu, non, il restera un mystère.

Des héros de roman certes, sauf que je n'arrange pas leur destin à ma guise. Je fais avec ce qu'ils sont, des truqueurs et des anges, des cœurs purs et des polissons. Des humains si malheureux, par leur faute le plus souvent, qu'ils me font pitié.

Une dame de la Charente-Maritime m'écrit, inquiète : « Que devient A. dont vous n'évoquez ni la disparition, ni même le souvenir dans le tome 4 de votre journal, alors qu'elle occupe beaucoup de place dans les précédents ? »

Je n'en sais rien. Je méprise les caprices, les sautes d'humeur de ceux-là qui nous en veulent de les avoir trop aimés, et dans le cas de A. de l'avoir défendue contre le monde entier et contre elle-même. Je lui ai consacré beaucoup de pages, donc de l'amour qu'elle ne méritait pas. Ce qui était vrai ne l'est plus. Passons. J'ai fini de m'interroger sur l'inconstance de mes amis. Moi, je ne bouge pas, on sait où me trouver.

Je n'avais pas imaginé que ce journal deviendrait aussi le cimetière des amours mortes. Qu'il soit le tombeau de Stéphane suffit à ma douleur.

Morterolles, 31 mai

Ces soirées divertissantes, que les journaux qualifient de sado-masochistes dans un château près de Toulouse, s'annoncent comme le feuilleton de l'été, nous allons suivre à perdre haleine les aventures scabreuses d'hommes nus à quatre pattes chevauchés par des maîtresses cloutées, d'autres qui se feront bourreaux de vierges enchaînées et, avec un peu de chance, nous saurons enfin si ce rugbyman du stade toulousain qui nous plaît tant est pourvu aussi avantageusement que le dit la rumeur, et si oui ou non, fort de cet argument, il en profite pour honorer tour à tour le jeune sous-préfet et sa charmante épouse.

Il faut se méfier car tout le monde se vante dans cette affaire. Déjà, un travesti avoue qu'il a menti. Pourvu que nous ne soyons pas déçus, finalement.

Que ces hommes-là si bien de leur personne soient dans le civil chargés de dire le droit ou la messe, de rendre la justice ou de diriger la cité et sa police ne me choque en rien, je ne vois pas d'incompatibilité entre leur fonction officielle et leurs jeux interdits. Interdits par qui ? Sinon par eux quand ils nous jugent ?

Qu'ils soient comme nous, ou presque, est plutôt

rassurant, après tout. Ce qui ne va pas ce sont les crimes, là nous ne jouons plus.

Planquons-nous derrière nos volets en attendant la suite qui ne saurait tarder.

Morterolles, 1er juin

« Comme s'il n'y avait pas assez de Juifs sur terre. »

On a bien lu, on a compris.

Ceci, écrit juste après la Seconde Guerre mondiale, est d'une femme amoureuse, pas d'une écervelée. Françoise Giroud ne se résumait pas, nous le savons, à ses dérèglements hormonaux, mais alors il faut laver des injures et des crachats Renaud Camus qui fit face dignement à l'hystérie collective pour trois fois rien. Une évidence. Une vérité bonne à dire. La vérité, Françoise Giroud a pris quelques libertés avec elle, nous l'avons admirée malgré cela pour son talent aussi grand que sa méchanceté. On voit ce qu'elle aurait fait ces jours-ci, si par malheur Brigitte Bardot était tombée entre ses griffes : de la bouillie pour les chats. Écœurant. Il faut exiger de nos procureurs des preuves de leur innocence.

Morterolles, 2 juin

Un lecteur vigilant et vicieux m'écrit : « Vous dites ne pas décrocher votre téléphone avant dix heures le matin et pourtant vous parlez avec Drucker à neuf heures le 8 mai 2002. »

Oui, j'ai parlé avec Drucker ce matin-là, parce que Christiane ne résiste pas à Michel Drucker qui se lève tôt et qu'elle me l'a passé d'office sur le plateau de mon petit déjeuner. Dois-je m'en excuser auprès de ce monsieur tellement soucieux de ma tranquillité ?

Ce même correspondant, qui signe de son prénom, donc anonymement (pourquoi ?), m'informe dans un même élan qu'il est allé à Saint-Pardoux sur la tombe de Stéphane et de mon père et qu'elle ne lui plaît pas : « Trop nouveau riche 1960. » Là, j'ai sursauté, sidéré de lire cela alors que j'envisage sérieusement, depuis quelques semaines déjà, de faire remplacer le marbre noir et gris qui la compose, trop glacé, par de la pierre du pays plus en harmonie avec les sapins et les étangs qui l'entourent, moins voyante, mieux ancrée dans la terre.

Lorsque j'ai dû décider la forme, la couleur, la matière de cette tombe, je n'ai pas besoin de redire dans quel état j'étais. Je voulais en finir vite, je n'avais pas d'idée de nouveau riche, pas d'idée du tout. Ce chambardement impossible, je l'envisage aujourd'hui avec un sang-froid qui pourrait étonner et qui m'étonne, mais je suis fait ainsi, délabré mais vivant, de pierre et de larmes.

J'appelle ce soir le marbrier pour lui donner mes ordres. On va tout recommencer tant que je serai vivant. J'entends mon père : « Mais enfin, tu es complètement malade, mon pauvre garçon. » Il a raison. J'entends Stéphane : « Fais comme tu veux, mon amour, ce sera bien. »

Paris, 5 juin

Mon amour. Personne d'autre que lui jamais ne m'a dit : mon amour. Quelques femmes et quelques garçons m'ont aimé, mais aucun, jamais, ne m'a appelé mon amour. Je n'ai jamais dit cela à personne d'autre qu'à lui. Mon amour, ce mot-là repassera-t-il sur mes lèvres ? Je jurerais bien que non. J'ai dû dire « je t'aime » à quelques-uns durant mon adolescence, et même après. Je t'aime, c'est vite dit, vite oublié. Mon amour, c'est une autre histoire, ça ne va pas avec le premier venu. Mon amour. Je mourrai sans entendre ce mot-là murmuré à mon oreille par lui qui était né pour cela : murmurer « mon amour » à mon oreille.

Paris, 6 juin

J'avais juré mes grands dieux que je ne publierais pas ce journal le 4 janvier prochain, comme l'habitude semblait devoir l'imposer, l'habitude et la logique. J'étais décidé à marquer une pause dans le rythme annuel des parutions, afin de ne pas lasser, de me faire attendre. Je trouvais que l'on m'avait trop vu, trop entendu. Je viens de changer d'avis. Il y a une heure, je me promettais de ne pas céder à l'amicale pression de mon éditeur qui m'a écouté lui expliquer mes bonnes raisons de passer mon tour. J'avais des arguments convaincants. Étais-je si convaincu ?

Après tout, si je trouve qu'on m'a trop vu, libre à moi de ne pas me montrer aussi complaisamment.

Il n'y avait aucune coquetterie dans mon désir de laisser la place, simplement de l'inquiétude, un peu de fatigue. Je me sens mieux maintenant. Il faudrait que j'arrête une bonne fois pour toutes de poser des problèmes là où il n'y en a pas. Quand on prétend à la littérature, il s'agit d'écrire des livres, de ne pas s'occuper du reste, ni de l'intendance qui suivra. Je publierai donc le cinquième volume de ce journal le 4 janvier prochain, il pourrait s'intituler ; « La messe de minuit aura lieu à seize heures trente »... un peu long, et puis la messe après l'église, ça fait beaucoup pour un païen.

Paris, 7 juin

Paris, Pentecôte, la canicule. Pas un rayon de soleil ne passera à travers mes fenêtres. Trois jours seul ici pour écrire derrière mes rideaux, et rattraper enfin quelques pages de ce journal griffonnées à la hâte entre deux avions, décider de ce qui est intéressant ou pas, corriger ce qui doit l'être, mettre au propre des brouillons.

Après quoi seulement, je peux tracer ma route en semant des mots derrière moi avec l'espoir insensé qu'on me retrouve si je me perdais.

Paris, 8 juin

Des « beaux esprits », des turlupins, des élus du peuple qui se veulent tous chevaliers blancs de la République en danger, dénoncent régulièrement « le cumul des mandats ». Ils montrent du doigt cette vieille lune à décrocher d'urgence. Quelle guignolade !

Il m'avait semblé que le « cumul des mandats » était l'une des conséquences mêmes de la démocratie que, par ailleurs, ils vénèrent. De deux choses l'une ; ou l'on est démocrate et l'on cède à toutes les provocations de la Gueuse, ou on ne l'est pas et l'on va se faire voir chez les Grecs qui l'ont enfantée.

Paris, 9 juin

Je m'embrouille dans leurs prénoms, je ne sais plus où exactement je les ai rencontrés, ni ce qu'ils font dans la vie. Ils me cherchent en tout cas. Ils m'écrivent de Bruxelles ou de Chambéry, de Genève ou de Saint-Malo. Certains me téléphonent, d'autres viennent m'écouter chanter dans quelques provinces, j'en aperçois dans les files d'attente là où je signe mes livres. Ils ont entre vingt et trente ans et ils m'aiment. Je ne me plains ni me vante de cela qui m'enchante, au contraire, je suis simplement dépassé, incapable de les tenir dans mes bras, fermés sur Stéphane.

Je garde la photo des plus jolis dans mon agenda pour épater Philippe, je réponds à leurs lettres qui me chavirent dans leur simplicité, leur gravité. Je fais lire les plus singulières à Philippe qui le laissent songeur. J'ai l'âge de leurs pères, qu'ils l'oublient me ravit, dire le contraire serait mentir mais je ne me raconte pas d'histoire, j'écoute la leur. Tous les garçons qui viennent à moi ne sont pas perdus. Ils en veulent à mon âme, à ma peau, ils me veulent pour eux tout seuls.

« Ah ! puisse la frustration filiale jeter longtemps les jeunes gens dans nos lits. »

Cette prière joyeuse de Renaud Camus est la mienne aussi.

Paris, 10 juin

Malgré Guitry, notre bon maître, la misogynie est rarement une qualité chez un homme. C'est une idée de femme, la misogynie, une parure, une parade dont Françoise Giroud restera la reine indétronable.

J'avais failli laisser tomber le journal de Léautaud à cause de ses chats, celui de Renaud Camus à cause de ses chiens. Les écrivains que nous aimons nous barbent avec leurs histoires d'animaux. Qu'ils laissent ces pauvres bêtes à la SPA, nous ne leur voulons aucun mal mais, de grâce, qu'ils nous épargnent leurs émerveillements.

Je viens de rappeler à Bernard Morlino que son cher André Breton n'était pas innocent du suicide de René Crevel. Il en est convenu. En s'étranglant, mais il en est convenu.

– J'ai quand même enlevé aux enchères, pour douze mille francs, deux petits bénitiers qui étaient dans sa chambre et sont maintenant dans la mienne, ils font très bien je t'assure...

Je suis content pour Bernard de son acquisition, il pourra pisser dedans, mais je voulais lui dire ce matin que je tiens Breton pour une pipelette homophobe et que ce n'est pas tellement surréaliste.

Paris, 11 juin

Dîner hier avec Françoise Hardy dans une rue sinistre du XVIe arrondissement. Ce rendez-vous impossible, un soir de grève à Paris, nous aurions pu le prendre, elle et moi, il y a bientôt trente ans, à l'hôpital Saint-Joseph au chevet d'Emmanuel Berl mourant. Elle a paru effarée quand je lui ai rappelé notre unique rencontre ce jour-là de l'automne 76, quand elle était déjà une étoile et moi un ver de terre amoureux. Elle ne s'en souvenait pas, et pourquoi donc s'en serait-elle souvenue ? Nous ne nous étions rien promis, juste croisés du bout des lèvres. Rien n'était moins probable que sa main dans la mienne si longtemps après notre jeunesse, maintenant que tout est dit ou presque.

Je m'étais habitué à ce qu'elle ne m'aime pas, on lui disait que je la boudais. Elle nous croyait fâchés.

J'avais de ses nouvelles, parfois, par les journaux. Je l'écoutais chanter à mon oreille, comme elle seule sait le faire. Je ne mourais pas d'amour, j'attendais un signe, sans impatience.

Tant de chanteuses dans ma vie sont passées pour rien. On peut vivre heureux sans être du cercle des intimes de Françoise Hardy, on peut la regarder bouger, s'émerveiller de loin de sa grâce imparable et puis attendre la fin du monde.

– Elle dîne à vingt heures pile, ce sera parfait pour toi, m'avait dit Jean-Noël, qui est le prince du journal de France 3 Île-de-France. Je vais arranger quelque chose près de chez elle et tout se passera bien. Elle sera aimable, ne t'inquiète pas.

Malgré les prouesses du chauffeur de taxi, un joli nègre qui m'a demandé mon nom et ma profession avant de me laisser monter près de lui, ce qui ramène à peu de chose ma gloire planétaire ! Nous avons mis deux heures de l'île Saint-Louis à la place de l'Alma où je suis descendu pour rejoindre le bas de l'avenue Foch. Françoise et Jean-Noël patientaient en buvant du vin rouge italien.

Françoise, plus belle encore qu'on ne l'imagine, le teint nacré, moins pâle que parfois sur les photos, le vin peut-être... et cette allure, ce port indéfinissable. Je l'ai embrassée comme si nous nous étions quittés la veille, ça n'a pas eu l'air de l'étonner cette familiarité, ce genre bon enfant que je prends lorsque je devine que c'est possible. Ça ne l'a pas étonnée. Elle a commandé de la viande rouge, toute contente de me voir.

– Je croyais que vous ne mangiez que des plantes vertes et du fromage blanc, lui ai-je dit.

– Mais non, pas du tout, qui vous a raconté des histoires pareilles ?

On raconte tant d'histoires sur les chanteuses. L'icône filiforme de nos quinze ans mange du filet de bœuf et rit de bon cœur en levant son verre. Que ma mère, comme Stéphane et mon père, soit du Capricorne lui a paru intéressant, bref, nous nous sommes bien entendus. Peut-être même compris. Jean-Noël avait raison, Françoise Hardy est aimable quand elle veut.

Paris, 12 juin

Un jeune homme aux cheveux longs est tombé à genoux devant moi à vingt et une heures quarante hier sur le pont de la Tournelle. J'étais accompagné de deux témoins sensiblement du même âge que mon adorateur, avec lesquels je venais de dîner rue des Fossés-Saint-Bernard : Christian A. et Charles F.

Le jeune homme s'est relevé, il m'a dit des mots bouleversés qui n'étaient pas d'un fou et nous l'avons regardé s'éloigner en dansant.

– Il est au bord des larmes, m'a dit Christian. Ça fera une jolie scène dans ton journal...

Eh bien non, tout cela relève du roman, du cinéma. On ne peut pas tout raconter, et d'ailleurs personne jamais ne nous croit quand nous disons la vérité.

Paris, 13 juin

« À ce point de détail près qui ne passe pas, il y a entre Jean-Marie Le Pen et moi quelque chose de l'ordre de la sympathie, c'est un homme cultivé, amusant, chaleureux. »

Sans prendre de pincettes, Serge Moati, ce dangereux extrémiste aux rondeurs trompeuses, ne se gêne pas ces jours-ci pour dire ce que personne à part lui ne peut dire sans risquer l'échafaud. Il ajoute même dans *VSD* que : « Le Pen n'est pas Hitler. »

Il fallait oser ! Si « Le Pen n'est pas Hitler » et que

par-dessus le marché il est « amusant et chaleureux », nous voilà cuits !

À qui se fier désormais ? Contre qui allons-nous défiler, nous qui ne croyons pas non plus que six millions de morts soient un point de détail de l'Histoire ? Serge Moati, qui fut mon patron autrefois à la télévision, et mon camarade dans les couloirs du parti socialiste au temps où ceux-ci étaient mieux fréquentés qu'aujourd'hui, est pourtant un brave homme. Je me demande s'il n'est pas manipulé par Delon, Bardot, le mari de Bardot et Renaud Camus, ces pestiférés. Mes amis.

Paris, 14 juin

Remettre les pendules à l'heure d'hiver ou d'été, changer le rouleau d'encre du fax, réparer le magnétoscope dont je ne me sers d'ailleurs pas, remplacer des fusibles, trafiquer les fils de mon répondeur téléphonique qui ne répond plus. À l'impossible je ne me sens pas tenu. Si Jean-Christophe me laisse tomber, je suis perdu, ahuri, ballot devant ces problèmes domestiques, des drames pour moi qui m'exaspère de trois fois rien. Je juge par exemple la moindre panne d'électricité inadmissible.

– J'arrive, tonton... t'inquiète, j'arrive.

Lorsque Jean-Christophe reste quelques semaines sans me donner de ses nouvelles, c'est qu'il ne va pas bien, qu'il a d'autres contrariétés que les miennes. Celles de son âge, qui furent les nôtres il n'y a pas si longtemps. Il sort d'ici. Tout remarche enfin.

– Excuse-moi, tonton, mais j'ai eu des embrouilles ces temps-ci, alors tu comprends...

– Comment ça des embrouilles ?

– Rien de grave, tonton, des trucs avec les filles, des fois elles me prennent la tête...

Cette expression exténuée dont raffolent les adolescents pour se plaindre aussi de leurs parents, de leurs profs ou des « keufs », me ravit.

– Ah bon, les filles te prennent la tête, et pourquoi ?

– Ben, elles veulent des mariages, des bébés, des baptêmes... J'avais une copine sympa et tout, belle... J'ai arrêté les frais, tu comprends, tonton ?

Jean-Christophe ne veut pas de bébé, ce n'est pas moi qui vais lui en faire le reproche. Je l'ai félicité, au contraire, pour tant de retenue. Il y a bien trop de bébés partout, n'importe qui en fait sans demander la permission. C'est grave un bébé, ce n'est pas un ours en peluche. Les filles qui nous prennent la tête et les garçons qui s'exécutent sont irresponsables. Assez de bébés !

Mais j'aurai beau m'époumoner, rien n'y fera. Je crains de n'avoir aucune influence sur le comportement amoureux du genre humain, la même rengaine depuis le premier matin du monde.

« Elle aurait voulu que nous fussions un vrai couple, avec un bébé, un landau, un mini-siège sur la banquette arrière de la voiture, pour aller passer des week-ends à Jaligny ou à Bercy. Elles veulent cela, presque toutes, quitte à s'en repentir, c'est biologique. »

Le héros du nouveau roman de Tillinac, lu cette nuit, c'est Jean-Christophe. À la fin des années soixante, les fiancées de Tillinac voulaient elles aussi des bébés et des mariages en blanc. Un programme qui fait s'enfuir Jean-Christophe. Du roman.

Mais il n'y a pas de roman, il y a la vie et, dans la vie, les femmes finissent toujours par avoir raison de nous.

Paris, 15 juin

Les universitaires maniaques, les grammairiens pincés qui se pencheront peut-être un jour sur les dizaines de milliers de pages de Renaud Camus pourront noter qu'il y a au moins deux périodes dans son journal, l'une qui va du 1er janvier 1985 au 14 juin 2003 et l'autre datée de ce matin, 15 juin, à l'heure où, je le suppose, il poursuit sans se lasser une œuvre originale, ignorée des foules. Il nous a promis, hier à table, qu'il ne commencerait plus aucune de ses phrases par « mais ».

– Paul Léautaud ne l'admettait pas, lui dis-je.

– Il avait raison. On ne m'y reprendra pas, m'a-t-il répondu comme un élève pris en faute par le maître d'école.

Renaud Camus ouvre des yeux ronds quand on le réprimande, il fait pitié à la télévision où on l'invite rarement à se défendre des ignominies qu'on lui prête.

– Je suis très mauvais devant les caméras et, de plus, ce que je peux raconter n'intéresse personne, on n'écoute pas ce que je dis.

– Vous les intimidez, votre obsession de la vérité toute crue fait peur.

Ça non, il ne veut pas en convenir. Lui ? Faire peur ? Mais à qui, grands dieux et pourquoi ? On se le demande, en effet, quand le hasard nous fait partager avec lui une omelette norvégienne, ce dessert exotique qui n'a plus ni la forme « allongée » ni le goût « introuvable » de celles de ses douze ans en Auvergne où il est né.

C'est ça ! Les écrivains sont des petits garçons attardés qui veulent retrouver le vrai goût des omelettes norvégiennes de leur enfance et seront déçus, forcément.

Renaud est gai, malgré tout. Enfin, de bonne compagnie. C'est un ogre blond, le regard doux, aux aguets, il est venu accompagné du Petit Poucet à notre dîner d'hier, rue Maître-Albert, dans une rôtisserie où nous avons surpris Matzneff attablé seul lisant *Harry Potter* en italien. Très chic *Harry Potter* en italien !

Le Petit Poucet mesure un mètre quatre-vingts, il est agrégé d'histoire et de géographie, professeur dans une banlieue de Paris. Pierre est son prénom. Ils sont fiancés depuis trois ans et se vouvoient. Ils s'aiment, leur amour est aveuglant, au lit on peut l'imaginer torride. Qu'ils se vouvoient ajoute encore à notre curiosité, on voudrait savoir et voir.

– Avez-vous remarqué, Renaud, que votre mère se souvient de mon prénom maintenant ?

– Détrompez-vous, Pierre, vous êtes toujours inadmissible pour elle...

Renaud se passera de la permission de sa mère qui vient de fêter ses quatre-vingt-onze ans à Royat. Renaud parle comme il écrit, sans élever la voix, ni se fâcher contre personne. S'est-il jamais mis en colère ? Un ogre doux disais-je, résigné à la haine qu'on lui voue, surpris surtout de l'affection qu'un carré de fidèles lui porte encore, apparemment sidéré qu'on l'aime.

« Ah bon ! Tiens donc ! » Quand on lui rapporte

quelques propos aimables tenus par tel ou tel, sur sa personne ou sa littérature, il dit : « Ah bon ! Tiens donc ! Je croyais qu'il me détestait celui-là... Vous êtes sûr ? Ah bon ! »

S'il ne doute pas vraiment de sa qualité d'écrivain, on se demande par moments si la position du martyr ne lui convient pas, s'il n'est pas naturellement disposé à la crucifixion. Philippe Besson le pense aussi qui l'a vu : « Douloureux et christique. »

Au bal des maudits, Philippe est le partenaire rêvé. J'aime qu'il soit le complice enthousiaste de ma vie mondaine et privée, nous sommes en communion si parfaite qu'il va dire ce que j'allais dire justement. Nous voyons les mêmes choses, nous aimons les mêmes hommes. Philippe est un écrivain de gauche, certes, mais il se bat avec moi pour que le maire de Barbezieux veuille bien donner une rue à Jacques Chardonne. De gauche enfin ! Tout le monde est de gauche, moi-même j'ai des tendances. Je m'arrange pour que cela ne se remarque pas trop lorsque j'écris. Philippe prétend que j'y parviens parfaitement. S'il le dit ! Mais je m'égare, l'essentiel étant que Renaud Camus ne sera plus obligé de se cacher pour mettre des glaçons dans son vin blanc. Beaucoup de glaçons.

– Si on me le reproche, je me vanterai de faire comme vous et les sommeliers en seront épatés.

Une soirée inoubliable en somme, qu'il racontera dans son journal à sa manière si pointilleuse, follement maniaque.

Aurons-nous vu et entendu les mêmes choses ? C'est peu probable. Aura-t-il remarqué le costume en toile kaki de Matzneff, le profil grec du maître d'hôtel ? Et les glaçons, va-t-il sourire ou me juger frivole ? Tombera-t-il de la lune en lisant ces pages que j'aurais voulues moins décousues, plus sérieuses ? J'ai parlé avec la passion dont je suis coupable. Le vin blanc aidant, n'en ai-je pas trop dit ?

Christian Authier, qui me téléphone à l'instant où je m'épuise à rapporter des propos de table, une ambiance, voudrait bien savoir justement ce qui s'est dit, comment nous avons conclu. Conclu ?

Christian se réjouit d'avance d'avoir à lire un jour ou l'autre les deux versions de la même soirée : la mienne qui paraîtra d'abord et celle de Renaud plus tard. Et comme il est vicieux, ce cher Christian, il regrette amèrement que Marc-Édouard Nabe ne fût pas de la partie. Il ne manquait que lui, quel festival en perspective !

– Tu devrais y penser, me dit-il.

Je ne suis pas sûr que Marc-Édouard N. ait très envie de dîner avec un homme aux mœurs aussi douteuses que les miennes, qui fut longtemps à la table de Berl et de Mitterrand, mais bon, si cela devait l'amuser pourquoi pas ? Dans l'ordre des pestiférés, il n'est pas le plus mal placé.

Renaud retiendra bien ce qui lui plaira, rien peut-être qui vaille une ligne. Que valent celles que je trace sans certitude quant à leur intérêt ? De toute façon, nous avons nos témoins, lui le Petit Poucet, moi Philippe. Des garçons de bonne moralité, insoupçonnables, à priori. Et pourtant... à qui se fier ? Nous nous trompons si souvent, si souvent nous sommes floués. Le mieux serait de ne faire confiance à personne, de n'accorder nos bons sentiments que du bout des lèvres, mais nous sommes incapables de tant de sagesse, surtout moi, misanthrope à la noix.

Et puis nous sommes montés chez moi boire un dernier verre, de l'eau pour Renaud.

– Ne regardez pas mes tableaux, lui dis-je, épouvanté qu'il puisse les retenir contre moi.

– Non, non, aucun tableau ne me donnera jamais les émotions que je dois à certaines fenêtres, les vôtres sont imprenables. Je n'ai jamais vu Paris aussi splendide... Il faut vendre beaucoup de livres pour habiter ici ?

– Oui, mais vous seriez désespéré si vous en vendiez beaucoup...

– Détrompez-vous, la littérature étant mon seul moyen d'existence, je n'ai rien, je devrais vivre dans une HLM de Bagnolet.

– Au lieu de quoi vous habitez un château en Gascogne...

– Oui, mais en ruine !

Ce château en ruine, beaucoup s'en contenteraient. Charles Ficat l'a vu.

– Savez-vous que nous sommes passés à Morterolles avant-hier, Pierre et moi ? Je peux vous dire que vos parcs sont impeccables, tirés au cordeau ; que vos jardiniers dont un grand brun moustachu, pas mal de sa personne ma foi, s'affairent gaiement. Nous avons vu également le château de Fromental, la Lanterne des morts, en revanche, nous a déçus.

Je ne me souviens pas d'avoir vu cette Lanterne des morts, Renaud repère tout, lui, même un jardinier appétissant. La Lanterne des morts ! Voilà un titre possible pour ce journal qui n'en a pas encore. J'hésite longtemps avant de me décider. On peut discuter mes livres, pas leurs titres. Renaud en a retenu un bien beau, assez mystérieux pour son journal 2003 : « L'étang de la mer Rouge. »

Il l'a trouvé en s'égarant dans les forêts de la

Brenne, à une centaine de kilomètres de Morterolles, quelque part dans l'Indre.

– Un détour par chez vous deviendra une habitude. La prochaine fois, si vous le permettez, nous irons Pierre et moi au pays de Saint-Pardoux, il y a les étangs que vous aimez et puis Stéphane, bien sûr.

Il a dit : « Stéphane, bien sûr. »

Paris, 16 juin

Ceci est extrait d'une lettre en forme de journal que Victor, le jeune Coréen de Namur, m'adresse régulièrement pour me parler de lui. Un drôle de petit bonhomme adopté par un couple de Belges gentils. Mais c'est de l'amour d'un homme plus grand, plus fort, plus beau que lui, dont rêve Victor.

« Mardi 3 juin. Vingt-deux heures quarante-trois minutes, précises.

« Demain après-midi, j'ai rendez-vous avec un entrepreneur des pompes funèbres. Je dois lui remettre mes dernières volontés en ce qui concerne ma cérémonie funèbre. J'ai tout choisi : cimetière, textes, chants et musiques. Je serai enterré à Crupet, le village de mes parents. De nos jours, on ne souscrit plus à des assurances-vie, mais on s'assure pour sa propre mort, au cas où... J'aurai tout choisi, tout décidé de ma vie, je tiens qu'il en soit de même de ma propre mort. Je veux garder le contrôle de tout. Je ne suis pas morbide, juste prévoyant ! Méfiant aussi.

« Je reviens des pompes funèbres. Rassurant et rassuré. »

Victor a vingt-cinq ans, l'âge que j'avais lorsque je suis allé avec mon père à la mairie de Saint-Pardoux acheter une concession perpétuelle où il repose près de Stéphane. Tout décider de ma vie, tout ce qui est possible, de ma vie donc de ma mort, j'ai toujours voulu cela moi aussi. Une différence cependant : le goût de la vie, très fort chez moi, je ne le sens pas chez Victor, et puis l'amour m'a comblé.

Paris, 17 juin

À deux reprises en une heure de temps, le club affaire des taxis 67 m'envoie le même chauffeur, ce qui n'arrive jamais.

– Quel hasard, lui dis-je.

– Non monsieur, me répond-il, le hasard n'existe pas, vous entendez, il n'existe pas.

– Et comment le savez-vous, d'où vous vient cette certitude ?

– Je suis un médium endormi, monsieur, ça ne se voit pas, alors personne ne se méfie de moi et pourtant... comme un volcan je peux exploser à tout instant.

Charmant ! À toutes ses interrogations, j'ai répondu : « Oui, après tout pourquoi pas, peut-être avez-vous raison... »

Paris, 18 juin

Il y aura donc un quai François-Mitterrand à Paris, sur la rive droite de la Seine, près du Louvre. Bertrand D. n'a pas cédé aux pitreries des écologistes qui ne ratent pas une occasion de se couvrir de ridicule. J'ai failli écrire au type qui préside leur groupe à l'Hôtel de Ville et mena la fronde contre le projet du maire : « Vous êtes un branquignol », et puis j'ai renoncé, trop d'honneur pour un ver de terre. Bertrand a bien du mérite de ne pas lui marcher dessus.

Une autre bonne nouvelle. Ce matin au courrier, un bristol jaune pâle daté du 4 juin en Irlande. Michel Déon m'écrit :

« Florence a eu la belle idée de m'envoyer *Lentement, place de l'église*, je suis heureux de vous connaître mieux, de voir que vous appartenez à la famille (trop peu nombreuse) des esprits libres à laquelle vous avez la bonté de m'associer. Je tenais à vous remercier de ce que vous avez tenté pour Chardonne et de tous ceux qui ont comme Socrate “connu la colère de la cité”. Non que je sois l'un d'eux mais parce que j'ai, parfois, été leur reconnaissant ami. Et pour Mitterrand je partage entièrement votre sensibilité... »

Qu'il m'écrive ce matin me comble. « Esprit libre », je dois mériter le compliment. Oui, je suis prêt à tomber du côté de ceux qui ont « connu la colère de la cité ». Que Michel Déon partage entièrement ma sensibilité sur Mitterrand m'enchante, mais ne me surprend pas. Au fond, salir la mémoire de François Mitterrand est une occupation de ver de terre.

Morterolles, 19 juin

La coiffeuse vient d'acquérir l'affreuse bâtisse, aux volets clos depuis quinze ans, qui défigure la place de l'église. Si j'avais su qu'elle serait bradée, je l'aurais achetée pour le plaisir d'envoyer les bulldozers la réduire en poussière. J'aurais dû pour cela demander la permission de démolir cette horreur construite, je le suppose, avec la bénédiction des architectes des Bâtiments de France, censés veiller à l'harmonie de nos provinces. On voit le résultat et pas seulement par ici. J'aurais fait planter quelques sapins et des fleurs, disposé des bancs de bois, c'eût été un coin plaisant ouvert à tous, et interdit aux chiens. On me l'aurait reproché, évidemment. Je me demande si les gens voient bien les mêmes choses que moi, si je suis fou. On ne fait pas plus ordinaire et prétentieux que cet ensemble épais de béton crépi de gris et de jaune, de fenêtres ripolinées, de stores en aluminium. On appelle cela aussi une maison. En fait, un genre de bureau de l'ANPE ou de quelque association en ZUP ou en ZAC. J'oubliais un balcon aux prétentions espagnoles. Le Duc se souvient qu'il y avait par là un épicier et un café avant guerre où les anciens tapaient la belote, où le village fêtait ses morts et ses mariés. André Verchuren y donna un bal au début des années soixante. Après, on ne sait plus. Personne n'a rien vu, on ne sait pas qui a fait le coup. Un mauvais coup, en toute impunité, devant une église du douzième siècle. Si je ne suis pas content, je peux toujours aller voir ailleurs. Mon dernier espoir maintenant, c'est la coiffeuse, une femme entreprenante. Nous aurions pu tomber plus mal, elle a déjà, dit-on, accroché des géraniums aux fenêtres, on pouvait craindre des pancartes de publicité pour L'Oréal ou, pis, le linge d'une famille mirliton, les culottes de la belle-fille, les couches des bébés, les slips du beau-frère. Naples au baiser de feu. Oui, nous l'avons échappé belle. Cette place de l'église où je vais lentement les soirs d'automne et d'hiver, je n'y passe plus du 15 juin au 30 août. La nuit venue, la lumière jaune des réverbères la maquille plus joliment que le soleil qui aggrave sa médiocrité. J'ai honte en pensant à ceux-là qui viennent de partout la visiter, la croyant unique au monde. Elle ne l'est que dans mes livres.

La femme du Duc les reconnaît de loin, des étrangers immatriculés 06, 23 ou 93. Ils cherchent la femme du Duc et c'est elle, justement, qui est là, en train d'arroser ses fleurs.

Et moi, où suis-je ? Je l'attends pour partir en promenade. Et pourtant, Morterolles, vraiment pas de quoi en faire un roman ! Ni un drame.

De quelle couleur la coiffeuse fera-t-elle repeindre ses volets (dit-on volets ou persiennes ?), les fera-t-elle seulement repeindre ? Va-t-elle habiller de voilages les baies vitrées de la grande pièce du bas qui fut aussi un magasin de meubles ? Va-t-elle rafistoler l'ensemble où faire jaillir les pierres ? Il y a de bons maçons par chez nous. C'est le goût qui manque le plus.

Morterolles, 20 juin

Comme je le pressentais cette affaire de Toulouse ne tiendra pas ses promesses. On nous avait annoncé « monts et merveilles », sauteries en tous genres, et nous ne voyons rien venir.

Si les filles violées, torturées et finalement assassinées l'ont bien été, hélas, pour la suite, « macache bono ». Fariboles et vantardises de mythomanes que ces folles nuits au château. Reste le cauchemar, bien réel celui-là, face auquel se débattent des hommes brisés.

Morterolles, 21 juin

L'événement aujourd'hui, ce n'est pas l'été, cette calamité inévitable, ni la fête de la Musique, ce tohubohu qui me fait fuir les quais de la Seine pour venir ici écrire et dormir tranquille, l'événement, aujourd'hui, c'est l'anniversaire de Lulu.

Ce qui réjouit les foules me laisse le plus souvent indifférent. Spectateur bougon de la fête, je n'attends rien de bon de ces débordements de la joie commune. Je n'y crois pas. On n'est jamais heureux ou malheureux qu'en soi. Je ne bois pas, je ne danse pas, je ne milite pas pour oublier ma vie, je ne défile pas avec une pancarte sur le ventre pour que le gouvernement s'occupe de la changer ; mon bonheur ne dépend pas de lui. Qu'il assure l'ordre et la santé publique sera déjà bien.

Devant les caméras de France 3-Limousin-Poitou-Charentes, j'irai en fin d'après-midi lancer depuis Mortemart, seul village classé de Haute-Vienne, la fête de la Musique ; ce projet fou auquel je ne crus pas lorsque Jack Lang me le vanta avec optimisme.

Eh bien, j'avais tort, les gens ont besoin qu'on organise leurs loisirs, leurs plaisirs, ils se rendent en rangs serrés où on leur dit de se rendre, ils tapent sur des casseroles ou des bambous, ils ont mal aux pieds, mais ils suivent. Ils veulent en être absolument, la fête sans eux serait inconcevable. La fête sans moi est possible. Jamais je ne me sens plus en accord avec moi que ces jours-là où je me tiens loin d'elle, enroulé dans ma solitude.

« Mais enfin mon fils, dans quel monde vis-tu ? » me demandait ma mère, inquiète aux heures sombres de mon adolescence de me voir bouder le monde et ses bavardages. « Tu n'es pas sociable, mon grand. Tu étais si joyeux enfant, si causant... »

Ce que j'allais devenir lui faisait du souci. Je suis devenu l'enfant que j'étais, sur les planches c'est lui qui se donne et que l'on applaudit.

Morterolles, 22 juin

« J'ai rendez-vous avec un beau noir. Quelle barbe qu'on ne puisse plus écrire : avec un beau nègre. » Et pourquoi donc ? Renaud Camus, qui a pris tant de coups immérités, se conforme bizarrement là où il pourrait résister sans risque.

« Dommage qu'on ne puisse pas. » Mais si, on peut. Montherlant, Genet (Genet surtout), et puis Léopold Sédar Senghor, le maître que la saveur des mots enivrait, disaient : un nègre. Mandela, Aimé Césaire parlent de leur négritude avec une certaine assurance et nous ne pourrions pas écrire : « J'ai rendez-vous avec un beau nègre » ?

Soleil africain à Morterolles et pas un nègre dans les parages. Quarante à l'ombre partout sauf en Bretagne, pays béni du ciel où l'été n'est jamais très méchant.

Drame national ! José Bové est en prison depuis l'aube. Je parie que l'anecdote fera la une des quotidiens de demain. En France, tout le monde peut se retrouver en prison dans l'indifférence générale, tout le monde ou presque, sauf José Bové. Quel cirque ! Le président Chirac va naturellement lui accorder sa grâce et pour le 14 juillet, il ira danser la Carmagnole sur les places publiques. José Bové ne dit pas que des bêtises, mais son côté martyr du Larzac faisant don de sa personne à la France commence à nous taper sur les nerfs. Monsieur Bové n'est pas au-dessus des lois, c'est très regrettable, mais c'est ainsi. Prison donc ! De quoi se plaint-il ? C'est la sainteté qui le guette.

À propos de choses plus sérieuses, Jacques Julliard note ceci qui est indéniable et que monsieur Bové recopiera cent fois : « L'Histoire nous apprend que c'est l'anarchie et non l'ordre qui conduit au fascisme. »

Morterolles, 26 juin

Ça commence où l'Europe et ça finit quand ? Mon inculture en géographie étant abyssale, j'ai cherché une réponse à la page 616 du Petit Robert. Comment n'y ai-je pas pensé plus tôt : « L'Europe est le plus mal délimité des continents... Elle n'a d'unité ni linguistique, ni ethnique, ni politique... », me voilà servi !

L'Europe, l'Europe, il faut les entendre et les voir, les cabris. Cette chanson-là me saoule d'autant qu'elle se chante en anglais, preuve humiliante de sa soumission à la langue crétine. Le dernier concours de l'Eurovision fut à cet égard édifiant. Et puis, qu'y a-t-il de commun entre un Turc et un Irlandais ? Rien, sinon le sang et les larmes, le malheur commun à tous les hommes. L'amour aussi.

Pour le reste, oublions. Le bonheur des peuples ne se décrète pas à Bruxelles. L'Europe du commerce ne date pas d'hier, celle de la culture n'est pas pour demain.

Morterolles, 29 juin

On ne dit plus « Gay Pride », paraît-il. Pour une fois qu'une locution anglo-américaine me plaisait bien. On dit : « Fierté homosexuelle. »

Fierté ?

Ils se la mettent où exactement leur fierté, les homosexuels ?

Paris, 30 juin

Est-ce que tu m'aimes ? La question est fatale, il ne faut jamais la poser, elle laisse trop paraître le doute qui nous étreint. La réponse, de toute façon, ne suffira pas à nous apaiser, elle pourrait même nous tuer. Est-ce que tu m'aimes ? Il faut être bien malheureux pour en arriver là. L'amour ne se quémande pas. Je ne me suis pas épargné quelques chagrins de jeunesse, mais jamais je n'ai posé cette question à personne, et sûrement pas à Stéphane qui l'aurait jugée inutile. Ça se voyait comme son nez au milieu de sa figure qu'il m'aimait.

Paris, 1er juillet

Dîner avec Marco à L'Orangerie, le restaurant chic et cher de Jean-Claude Brialy, rue Saint-Louis-en-l'Île. Nous avons toujours des choses à nous dire, à nous confier, Marco et moi, quand enfin les caméras ne tournent plus. J'en avais gros sur le cœur depuis quelques mois, j'étais fâché, déçu. Je n'avais pas aimé du tout son regard dur, ce rictus mal venu sur ses babines retroussées tandis qu'il interrogeait Brigitte Bardot. Et puis, ce jeu avec moi, faussé sous les lumières. Je n'avais plus envie de l'appeler Marco. Il fallait que je lui dise cela en face, que je n'avais plus envie de l'appeler Marco et lui expliquer pourquoi, s'il voulait m'entendre. Dîner une dernière fois avec lui et le laisser s'abîmer dans le marigot de la télévision avec ses rappeurs déjantés et ses pisseuses de météo, ses mythos, ses zozos. Mais il n'y a rien à expliquer à Marco, il a compris. Moi qui suis si malin, je m'en veux d'avoir imaginé qu'il allait s'abîmer. Ce qu'il m'a dit hier soir, la part intime de lui-même qu'il m'a confiée en partage me lie à lui désormais plus que je ne saurais le dire. Il m'a eu, ballot que je suis. Je lui ai quand même dit : « On ne parle pas à Bardot sur ce ton-là. » Ça je me l'étais juré. Mais ce ton-là justement, c'est le sien. Pour sa défense on doit admettre qu'il est courageux aussi face aux truqueurs, à ces monstres de duplicité qui sont ses partenaires le vendredi soir. Face à Bardot, il pouvait baisser la garde sans déchoir, il aurait dû. Marco n'a pas peur du mauvais rôle, c'est sa force et sa faiblesse. Il a ri quand je lui ai fait remarquer que pour une homophobe Bardot avait de bien mauvaises fréquentations, nous en l'occurrence. Il a ri... C'était bien qu'il rie de nous, de tout et du reste, il avait retrouvé sa bonne bouille de bébé qui rentre de la plage, du soleil sur le nez, du sable dans les cheveux.

– J'arrive de Grèce, me dit-il, mes bagages sont restés à Athènes. Tu crois qu'ils vont me laisser entrer ?

Il était là, sur le trottoir, un pull autour du cou, un sac de sport en bandoulière, un genre de Lulu en vacances.

Toutes ces choses jolies et graves qu'il m'a avouées, il ne m'a pas interdit de les rapporter, elles ne sont d'ailleurs pas indicibles, plutôt à son avantage même, mais je ne les dirai pas. Je ne ferai pas de lui l'ange qu'il n'est pas, ni le démon qui parle à Bardot sur ce ton-là. Il m'a simplement demandé de comprendre son indignation. Il m'a paru sincère, je lui ai démontré qu'il s'était emballé un peu vite. Nous-mêmes qui trompons si bien notre monde, qui sait où nous allons ? Nous avons présenté nos hommages à Danielle Darrieux qui venait de s'asseoir à la table où Brialy l'attendait. Sa sainteté Danielle Darrieux soi-même, couverte de fleurs et d'amour, à qui personne ne reproche rien. Est-elle pour autant irréprochable ?

Moi, je réponds oui, bien sûr. Il faudrait poser la question aux juges de Bardot, qui sont si méchants.

Paris, 2 juillet

La gentillesse, la tendresse même des gens qui ne me doivent rien ou si peu : un instant de bonheur à me lire ou à m'entendre chanter, et me bénissent pour cela.

Les reproches et les prétentions de ceux qui me doivent tout et ne me le pardonneront jamais. Chaque jour je dois composer avec des hommes et des femmes que je voudrais voir au diable, se débrouiller sans moi, et regretter bientôt le temps joli de « nos amours ».

Je nomme « amours » par dérision des relations qui n'ont rien à faire avec l'amour, les guillemets s'imposent. Ce mot-là, si galvaudé, si mal chanté, ne se conjugue qu'au singulier, une seule fois dans la vie, et encore. Ceux-là qui s'accrochent à mes basques peuvent bien jurer qu'ils m'aiment, je n'en crois rien. Qu'ils me respectent suffira.

Paris, 5 juillet

Mireille Dumas s'est foulé la cheville la nuit dernière en sortant de mon immeuble. Je lui tenais le bras, nous étions gais, elle a raté la dernière marche. Ainsi s'achève une semaine très parisienne, très bavarde, où j'ai fait la connaissance à son invitation du futur président de Pink TV, une chaîne du câble où l'on verra des garçons embrasser des garçons sur la bouche et se donner d'autres plaisirs après minuit. Hum !

Il nous en coûtera neuf euros par mois, une misère, surtout si les garçons sont entreprenants comme nous les aimons, enfin bien de leur personne et un peu imaginatifs. On peut faire confiance à Pascal H. qui va diriger tout cela en connaisseur. C'est un ami de Claire Chazal et des Lang qui nous ont rejoints au dessert à la terrasse de cette brasserie de la place des Vosges où ils ont des habitudes.

Jack revenait de dîner avec l'académicien Marc Fumaroli, son détracteur récupéré, et d'une séance mouvementée à l'Assemblée où il avait trouvé le Premier ministre « boudiné de son importance ». Il était très en forme, un sourire estival aux lèvres. Ça l'a beaucoup amusé que je fasse remarquer à notre joyeuse assemblée, un peu polissonne, qu'il fut le seul ministre de l'Éducation nationale depuis Abel Bonnard à avoir imposé le calme dans les cours de récréation.

– Et l'ordre, naturellement, ça te plaît, me dit-il.

Notre complicité remonte à Mitterrand, elle est indéfectible. La veille, à la maison autour d'un buffet, j'avais déjà eu beaucoup de succès sur ce thème et quelques autres, moins consensuels, qui ont laissé sans voix mes invités médusés, pas mécontents, m'a-t-il semblé, de m'entendre dénoncer le discours des faux culs de la pensée démocratico-neuneu. Un festival !

– Il est en forme, Papou, a dit Lulu.

Les autres n'en pensaient pas moins. Cette énergie dont on me félicite, je ne sais pas où je vais la chercher. Elle m'empêche de dormir après coup. Je m'en veux de ne pas savoir cacher mon jeu, de monter sur mes grands chevaux au lieu de rester le spectateur dégoûté d'un monde dégoûtant.

Avec Mireille Dumas, nous avons parlé d'amour à mi-voix. Ce fut tendre, cela n'étonnera personne si je dis que cette femme suscite d'emblée la confidence, un ton unique de complicité coquine et grave. On sait qu'elle aura de la compassion pour nos chagrins, de l'indulgence pour nos turpitudes, on peut lui parler. Elle va nous comprendre. J'ai parlé. Si elle prend une caméra pour me suivre un jour, je la laisserai me suivre.

Morterolles, 6 juillet

Ce parc qui fait l'admiration de mes invités et de ceux qui l'aperçoivent en passant sur la route de la Traverse, cette maison de bois, un genre de cabane québécoise biscornue cachée derrière les sapins où j'habite, seront-ils jamais à ma convenance ? Il y a toujours un brin d'herbe qui dépasse, une clôture à repeindre, les géraniums qui donnent plus de feuilles que de fleurs – « tu les arroses trop », me disait Stéphane. Et la lumière des réverbères... j'attends encore que l'électricien vienne me proposer des ampoules plus orangées, pareilles à celles de l'éclairage municipal : « Ça ne se fait pas dans le commerce, je vais essayer de vous bricoler ça avec de la peinture. » Il est très ingénieux mon électricien, mais il vient quand il veut, de préférence le dimanche ou le 15 août. Il me trouve puisque je ne bouge pas. Je l'attends et si ce n'est pas lui c'est un autre magicien qu'il me faut. J'appelle magiciens les hommes qui savent faire des choses épatantes avec leurs mains. On les appelle aussi des artisans, à ne pas confondre avec les intermittents du spectacle qui tapent sur des casseroles, ce qui n'est pas bien compliqué. Artisans ? Là encore on va me regarder de travers. J'ai le chic pour employer des mots vulgaires, il m'arrive même, je le confesse, de dire le paysan ou la fermière. Alors là, c'est non seulement vulgaire, mais ridicule dans un monde d'« exploitants agricoles » qui rentrent leurs vaches non pas à l'étable mais dans une stabulation. Un progrès qui n'aura échappé à personne. Que je ne sois jamais content de rien, je l'admets, mais qu'il y ait de quoi, qui peut le nier ?

Impossible de trouver par ici, ni même à cent kilomètres à la ronde, des pots de fleurs en terre cuite, couleur brique, comme on en voyait autrefois aux fenêtres des fermes, dans les cimetières, au pied des monuments aux morts, autour des fontaines publiques, dans le jardin de notre enfance à Antony. J'ai dû renoncer à cette exigence extravagante et me contenter des suspensions en plastique que mes jardiniers vaincus ont accrochées à la maison en catastrophe avant mon arrivée. C'était ça ou rien. On peut bien m'expliquer que ce n'est pas très grave et que, d'ailleurs, personne ne remarquera ce détail, je reste agacé (quand ne le suis-je pas ?), pour cela aussi : la soumission du plus grand nombre au plastique et au béton. À la laideur. « C'est plus pratique et puis ça ne casse pas », nous avons tous entendu cela qui est vrai et désolant, peut-être même que nous l'avons dit en soupesant le filet à provisions de nos mères, devenu moins lourd au début des années soixante. Va pour les bouteilles d'eau minérale, pour les pots de fleurs, non. On ne s'en va pas en acheter des cargaisons au supermarché tous les quatre matins.

Morterolles, 7 juillet

Ils m'écrivent : « Je vous aime », les moins timides sont plus précis et, de toute évidence, ils n'ont pas l'intention d'en rester là. Leurs lettres, quatre ce matin, ne sont pas de malades (ceux-là se repèrent de loin), non, ils m'écrivent : « je vous aime », et beaucoup d'autres choses encore, intimes et tendres, naïves aussi qui me laissent songeur. Ils sont un peu perdus, pas tous, plutôt bons élèves.

Que j'aie mon âge ne semble pas du tout les intimider. Ils habitent chez leurs parents, le plus souvent, et me donnent leurs adresses, si je voulais bien leur répondre, parfois avec une copine ou un copain « un peu jaloux de vous, faut le comprendre ».

Louis attend les résultats du bac assis sous un châtaignier en me lisant. « Je voudrais l'avoir, mon bac, pour que tu sois fier de moi, que tu m'embrasses... » Je ne l'ai jamais vu. Il me tutoie et puis il se reprend. « Quand je ne vais pas bien je pense à vous... je pense à vous tout le temps. » On ne va jamais très bien à dix-huit ans, jamais très mal non plus. Que cherche-t-il ce gentil Louis qui m'écrit cette fois de façon plus pressante : « Donnez-moi rendez-vous, je viendrai en vélo car je n'ai pas mon permis de conduire. Vous ne serez pas déçu de moi, enfin j'espère ! »

À quoi ressemble-t-il ? Est-il brun ou blond, grand ou petit ? Un asticot ou un athlète ? Sera-t-il à mon goût s'il veut que je le croque ? Le désir ne compte pas pour rien dans ma curiosité. Si nos amoureux transis étaient aussi appétissants que nous les espérons, la vie serait un conte de fées peuplé de princes à nos genoux. Autant rêver.

Louis vit à Saint-Cyprien-l'Aumône, un village endormi sur la route de Toulouse où nous allions dîner autrefois dans une auberge bien tenue par une dame de ma famille paternelle. Il s'en souvient : « Lorsque votre voiture passait devant la boulangerie de mes parents, ils disaient, c'est le monsieur de la télé, sans que jamais je puisse vous voir ; j'avais dix ans. J'ai eu de la patience, je vous ai lu depuis et ça change tout. »

Je vais lui demander de m'attendre un soir, un peu avant vingt heures, au bord de la Vienne, sous le pont que j'emprunte lorsque je vais dîner chez la Baronne. Je voudrais qu'il me raconte ce qui se passait exactement les soirs de catéchisme dans la sacristie où le vin, dit-on, n'était pas de messe, ni les cigarettes en chocolat.

Morterolles, 8 juillet

Il était chanteur pour dames, comme on est coiffeur dans le même genre. Elles le trouvaient distingué. Il l'était. André Claveau est mort hier à Brassac, dans le Tarn.

Qui le saura ? Ce journal sera-t-il le seul à se souvenir de lui ? Qui savait, d'ailleurs, qu'il était vivant avant-hier ? On ne l'entendait plus chanter depuis quarante ans et ses amoureuses n'ont plus d'âge. Il ne faut pas attendre quatre-vingt-douze ans pour mourir si l'on veut des fleurs et des femmes en pleurs.

La gloire d'André Claveau date de la guerre, un temps déraisonnable pour les chanteurs d'amour. Il avait une voix pour les dimanches, les beaux dimanches de l'après-guerre aussi. Il est mort oublié, sans amertume, comme il aura vécu la moitié de sa vie. Sans un mot de trop. En cachette. Nous ne saurons rien.

Je lui avais parlé par téléphone, il y a dix ans de cela, en direct à la télévision où il ne voulait plus se présenter, où personne que moi ne songeait à l'inviter. Aujourd'hui que la gloire est promise au premier imbécile venu, combien sommes-nous à penser à lui qui fit danser nos grands-mères ?

Morterolles, 9 juillet

Un gentil Sébastien C., au courant de tout ce qui se trame dans les couloirs de l'Assemblée nationale, où il cornaque deux députés, et à Matignon où il a ses réseaux, vient de me téléphoner pour m'annoncer que le Premier ministre avait signé hier avec « empressement » le décret de ma promotion dans l'ordre de la Légion d'honneur. Parfait. Mon père aurait roucoulé de fierté, Stéphane se serait mis au garde-à-vous avant de me tendre ses lèvres. C'est à lui le premier que j'avais annoncé par la fenêtre de ce bureau, le 14 juillet 1994, ma nomination apprise par la radio au grade de chevalier. « Appelle ton père », m'avait-il crié depuis la barque où il tentait de reprendre des forces en ramant.

C'était tout lui, ça : « Appelle ton père », le réflexe de l'amour. Je le revois, si fragile encore dans l'épouvante torpeur de ce jour-là, je l'entends : « Appelle ton père... » C'est leur fierté de moi qui me faisait courir. Une nouvelle médaille pour moi tout seul, c'est triste. Le gentil Sébastien C. m'a demandé si la nouvelle me faisait plaisir, je lui ai répondu que oui. Ce qui est vrai. Je suis content et triste.

Je vais appeler ma mère.

Morterolles, 10 juillet

Sur le pont d'Avignon on danse *La Carmagnole* ou quelque chose qui lui ressemble, ça gigote, ça parlote, ça mégote, ça tripote, ça complote. La révolution est en marche, oyez bonnes gens ! Les saltimbanques n'ont plus qu'une idée sous leurs chapeaux pointus : devenir fonctionnaires. Fonctionnaires ou rien ! Ce sera : rien. Le patron du festival a fermé les guichets, ça va comme ça.

Morterolles, 11 juillet

J'avais publié, il y a bientôt quinze ans, un roman intitulé *Souvenirs particuliers* que personne n'a lu, inédit donc à quelque mille exemplaires près. Pierre S., qui vient de le lire en vue de sa réédition chez Albin Michel, le trouve mieux venu que *Le passé supplémentaire* qui me valut pourtant beaucoup de compliments. Je lui fais confiance, me relire est une épreuve, cet exercice me plonge dans un abîme de perplexité, je ne suis jamais content de moi très longtemps, je passe de l'euphorie au découragement. Et puis, je n'ai pas le temps de m'attendrir sur ma prose, quand ce journal m'accapare. Pierre S. s'en arrangera. Il pense qu'il faudrait peut-être changer le titre, *Souvenirs particuliers* pouvant prêter à confusion avec ce journal précisément, puisqu'il a été convenu qu'ils sortiraient en librairie à la même date, le 4 janvier prochain. Nous verrons bien.

Ce qui me préoccupe autrement ce matin, ce sont les deux cents premières pages dactylographiées que Marie, ma première lectrice et pour cause, vient de m'adresser ici accompagnées de quelques mots encourageants. Je viens de les parcourir à la volée, ces deux cents pages qui en représentent trois cent vingt manuscrites de mon écriture de cochon, que Marie a du mérite à décrypter. Des gribouillis ! Eh bien, ça ne va pas. J'avais le pressentiment qu'elles seraient trop parisiennes, trop tournées vers la Seine, elles le sont. Si je n'y prenais garde, ce journal deviendrait le Bottin mondain. Matthieu Galey a excellé dans ce genre-là qui n'est pas le mien. Je ne dîne pas souvent en ville, les cocktails et les vernissages m'ennuient. Si je ne déteste pas mettre de l'ambiance à la table d'un ministre, mes mains sur les fesses du plus « hétérosexuel » des jeunes acteurs de cinéma à la mode, l'idée de tenir ce journal pour raconter cela ne me serait jamais venue. J'aurais pu, si tel avait été mon projet, commencer à vingt ans. À vingt ans on se couche tard, on se lève à midi, le monde peut bien attendre, on est les rois. Non, ce journal, qui me tient, je l'ai déjà dit, est celui d'un homme qui s'étonne chaque matin de survivre à la mort d'un jeune homme et n'a rien trouvé de mieux à faire que de déposer des mots d'amour comme des fleurs sur sa tombe. Au risque de me répéter, ce journal n'a pas d'autres raisons que lui, aussi suis-je fâché après moi lorsque je perds sa trace. Le chagrin n'explique pas les colères qui m'emportent. Comment peut-on être aussi indifférent que je le suis à l'avenir de l'humanité et fasciné malgré tout par le spectacle du monde ? Vaguement dégoûté des hommes et n'avoir pas renoncé encore à vivre parmi eux ?

Je dois me tenir entre ces contradictions, ne pas céder à la tentation de barboter dans les flaques d'eau, ignorer les embouteillages du jour, les pantalonnades du pavé. Je n'ai pas pris non plus le pari de l'exhaustivité, la comptabilité de mes éjaculations, qui n'est pas intenable, ne me passionne pas énormément. Ce n'est pas vrai que l'on puisse tout dire, il y a quand même ce que les autres nous confient et qui passe l'entendement. Il y a ce que nous ne saurions avouer sans que la honte nous monte aux joues. Il y a surtout ce qui n'intéresse personne. Un peu de lucidité ne nuit pas à la littérature, un peu suffira. Car si Stéphane n'est pas le centre du monde et Morterolles sa capitale, ce journal sera périmé bientôt.

Morterolles, 12 juillet

Ma mère portait une robe bleu ciel, une cotonnade d'été, elle avait mis du rose à ses joues. Nous nous sommes croisés à la grille du cimetière d'où elle sortait, accompagnée de ma sœur Jacqueline et du petit-fils de celle-ci, Julien, son arrière-petit-fils, donc. Ça m'a surpris que ma mère laisse entrer à sa suite un enfant dans un cimetière. J'arrivais sur le chemin de l'Auberge limousine à la sortie de Saint-Pardoux où nous avions rendez-vous pour dîner. Il y a le pont de pierre qui relie par-dessus l'étang la mairie du village à ses morts, Papa et Stéphane sont là, juste à l'angle du mur, au plus près de l'eau et du bois de sapins. Il eût été étonnant que nous passions là sans nous arrêter. Maman n'a jamais pratiqué le culte des tombes, je n'ai suivi qu'un seul enterrement avec elle, celui de mon père à l'automne dernier, mais ces quelques mètres qui vont de la grille au caveau, je ne veux plus les refaire à son bras. Cette petite marche à pas comptés vers eux est devenue impensable. Maman m'a dit : « Vas-y mon grand, tu verras comme les fleurs ont souffert de la chaleur, ne les arrose pas, c'est fait. »

Morterolles, 13 juillet

J'attendais Pierre S., mais plus tard, en fin d'après-midi, à l'heure où je suis moins défait, mieux disposé à faire bonne figure à mes visiteurs. Il est midi, Pierre S. a la mine réjouie d'un estivant, je m'en voudrais de l'assombrir.

Il arrive d'une bourgade près de Guéret où il passa deux jours à l'invitation d'un chirurgien dentiste, ami d'enfance de Richard D., notre « patron » chez Albin Michel, et qui écrit des romans de voyage « bien troussés ». Ils ont cherché un titre à celui qui paraîtra en janvier prochain. Pierre est un homme naturellement amusé, la mélancolie peut bien attendre, il voudra voir avant la course du tiercé sur Canal +, il ira se baigner dans l'étang. On ne déjeune plus à Morterolles, pas chez moi. Je vais le recommander à Aïda qui habite la maison d'en face et saura lui préparer en un tournemain une salade de tomates. Quand Stéphane était là, c'était lui le maître de maison qui souriait pour moi en organisant sur le bar de la cuisine les déjeuners de l'été.

De quoi suis-je capable sans lui ? D'écrire. Il est presque dix-sept heures maintenant et j'écris, tandis que Pierre S. me lit, allongé dans l'herbe en plein soleil où il doit faire plus de quarante degrés. Comment peut-il ? Il découvre les deux cents premières pages de ce journal qui m'ont laissé désemparé. Le doute ne me quitte pas. Quoi qu'il en pense, quoi qu'il m'en dise, je les reprendrai probablement. Il ne va pas me brusquer, je le connais, mais il ne pourra pas me mentir.

On ne peut pas me mentir longtemps.

Morterolles, 14 juillet

La passion commune des jours fériés, des fêtes qui se décrètent, ces mouvements de foule sur les places, les plages, dans les stades, le parcours obligé du bonheur au péage des autoroutes, la peur panique du silence. Au loin là-bas : la mélancolie des fanfares.

Paucard qui vient d'assister au défilé du 14 Juillet est scandalisé par le relâchement de l'ensemble, la mollesse des parades, l'anarchie des uniformes. « Tout fout l'camp », me dit-il. Un espoir cependant au milieu des troupes, la légion étrangère, dernier îlot de résistance aux femmes. Lui qui les aime tant redoute le jour où elles arriveront là aussi. « Alors, le monde sera vraiment foutu ! »

La femme du notaire est morte sur le coup et le jeune maçon si bien élevé qui me dit « bonjour monsieur » est en salle de réanimation au CHU de Limoges. Accident de voiture en rentrant d'une noce à Bois-Mandé. Avait-il trop bu ? Roulait-il trop vite ? La douleur de ses parents de toute façon. La femme du Duc me rappellera ce soir pour me donner de ses nouvelles. « Les médecins ne peuvent pas encore se prononcer. »

J'ai trop entendu cela qui me glace le sang.

Morterolles, 15 juillet

Cette suite parisienne, Pierre S. la juge réjouissante. « Faites-vous confiance », m'a-t-il dit drôlement. Il est plus réservé, en revanche, quant à la farandole des garçons qu'il me reprochait déjà l'été dernier. Il s'agit bien d'une farandole qui compte évidemment plus de garçons que de filles. Je vais enlever quelques embrassades de trop, en effet. Il en a lu et vu d'autres. « L'appréciation de vos intimes sur votre littérature ne compte pas. » Ah bon !

Et le titre de ce cinquième volume ? La question va se poser bientôt. J'hésite, j'interroge Philippe et Jérôme. Pierre S. pense comme Renaud C. que je devrais tôt ou tard consacrer Morterolles en un titre « dont vous avez le secret ». Morterolles c'est une possibilité mais je crains l'aspect guide touristique et, surtout, l'arrogante vanité des gens d'ici qui se croiront élus des dieux alors qu'ils ne valent pas une messe. Ce sera peut-être : « On s'ennuyait le dimanche » qui plaît beaucoup chez Albin Michel et se comprend dès l'enfance. Je lui préfère pourtant celui qui m'est venu hier : « La mélancolie des fanfares. »

Morterolles, 16 juillet

Dîner charmant.

Pierre S. et le Baron se sont tutoyés d'emblée. La

fraternité du Sud-Ouest sans doute, le sport, les vaches landaises. Il fallait les entendre vanter les mérites comparés des basketteurs de Limoges et d'Orthez dans leur gloire passée. À la jovialité du Baron, Pierre répondait avec entrain, il connaît les noms, les mensurations, la couleur des yeux et de la peau de tous les joueurs depuis 1970, la date des matchs perdus et gagnés, il frôle l'extase en évoquant l'élancement, comme une danse, de ces colosses en sueur, leurs mains, des étoiles agrippées au ciel, leurs jambes.

– Les voir courir vers nous, assis deux mètres plus bas au premier rang, juste derrière le filet, est un spectacle saisissant de force et de beauté, non ?

– Et comment ! s'exclama le Baron qui n'en revenait pas d'avoir trouvé un nouveau copain de jeu.

Pierre sait très bien faire cela : s'intéresser follement à ce qui passionne son hôte. Si la Baronne avait lancé la conversation sur Proust ou la musique baroque au dix-septième siècle, il aurait montré autant d'enthousiasme, de connaissances. Ses réactions me surprennent souvent, ses goûts plus encore, la corrida, Le Corbusier, les chats... Que sais-je ?

Il aime tout ce qui m'offense et m'effraie. Comment n'est-il pas exaspéré par mes détestations, mes partis pris péremptoires ? On ne peut pas exclure qu'il soit revenu de tout. Peu d'hommes, pourtant, m'auront lu aussi bien. Il rit de mes marottes : « C'est vous, ça. » Il est bronzé en permanence, cela n'est pas rassurant. Comme nous quittions nos hôtes, encore sur le pas de leur porte à nous saluer gaiement, il m'a dit : « Si le Baron savait à quel point je me fous du basket... il n'en reviendrait pas ! »

C'est moi qui n'en suis pas revenu, qui ne m'en remets pas de son aveu rigolard.

Morterolles, 18 juillet

Au même courrier ce matin, la lettre du Premier ministre et parmi d'autres félicitations une carte de Michel. L.

« Bravo pour cette rosette, mais j'ai tout de même de plus en plus la nostalgie de l'époque où toi et moi n'y pensions guère... Les honneurs marquent le temps et nous obligent à compter. Cette distinction méritée me donne à nouveau l'occasion de t'embrasser en vertu des pouvoirs que me confère le passé. »

Michel L. était le président national du syndicat Force ouvrière de l'ORTF. Ce n'est pas à ce titre-là que je l'ai trouvé séduisant. Son élégance n'était pas d'un syndicaliste, sa façon de s'exprimer non plus. Il peut m'embrasser en vertu des pouvoirs que lui confère le passé. J'avais vingt ans quand il m'a embrassé la première fois.

« J'ai eu vingt ans comme tout le monde, mais ça n'a pas duré longtemps. » Je faisais dire cela qui me va si bien au héros de mon premier roman. Les mots doux de Michel chavirent ma jeunesse, à l'heure où, en effet, les honneurs m'obligent à compter.

Morterolles, 21 juillet

Il y a une rue de la Haute-Vienne à Limoges. C'est à peine croyable, mais c'est ainsi. On peut craindre une rue du Haut-Rhin à Mulhouse. Qui dénoncera la paresse des maires, des conseillers municipaux, qui choisissent le nom des rues de leur commune, leur paresse et leur inculture ? La liste de leurs méfaits serait interminable, de leurs médiocrités serait plus juste. Il y a, par exemple, une rue Nicolas à Morterolles, une rue c'est beaucoup dire, un passage débouchant sur la place de l'église. Pourquoi Nicolas et pas Germaine ?

Rue de la Haute-Vienne à Limoges donc, où il m'arrive de baguenauder. Il y a un débit de boissons d'apparence ordinaire, un peu sombre vu de l'extérieur, remarquable en rien sinon pour son enseigne prometteuse : « Le café des anciennes majorettes de La Baule. »

Moi-même, que les jeunes filles qui sautent en cadence à La Baule ou ailleurs en montrant leurs petites culottes n'émoustillent pas énormément, je ne me lasse pas d'imaginer ce qui peut bien se passer là. Rien sans doute que cette promesse affriolante qui peut donner soif à certains. Peut-être un soir irai-je boire un verre au Café des anciennes majorettes de La Baule pour pouvoir m'en vanter chez les Parisiens qui croient avoir tout vu.

Morterolles, 22 juillet

Notre-Dame de Morterolles veille sur vous. On pourrait inscrire cela sur un panneau à l'entrée du village, puisque désormais la femme du Duc se visite. Une sainte affairée, une tante de province suspicieuse. Quand le soleil ne frappe pas à ses carreaux comme une brute l'obligeant à tenir ses volets clos, on peut l'apercevoir arrosant ses géraniums ou penchée sur une bassine à confitures. Elle porte ces temps-ci un genre de pantalon de petite fille pour aller pêcher les crevettes. C'est ainsi qu'elle nous est apparue, hier en fin d'après-midi, place de l'église où Renaud C., de passage, espérait la croiser et peut-être même, avec un peu de chance, pouvoir saluer enfin cette « grande figure des lettres françaises ». Ce qui fut fait, devant ses voisines aux fenêtres qui finiront par se demander ce que nous lui trouvons. Une héroïne de roman ressemble à l'idée que nous nous en faisons, que l'auteur nous a mise en tête, à ses fantasmes invérifiables. La femme du Duc, elle, ressemble à la femme du Duc. Des bonnes gens viennent de loin s'assurer qu'elle existe. Si elle ne leur plaît pas, c'est la même chose. On peut éventuellement s'en prendre à moi qui ne saurais l'inventer. Renaud le fouineur croit, lui aussi, qu'il faut aller voir les lieux saints et ne pas s'étonner d'être déçu. L'a-t-il été de Morterolles maintenant qu'il en a fait le tour et qu'au bout de la promenade il a vu la femme du Duc ? Sur la terrasse au bord de l'étang où nous avons dîné, il m'a paru être aux anges, attendri par les oiseaux et le saut des carpes.

– C'est une promotion sociale considérable que d'être à votre table après avoir été autorisé à franchir le portail du parc.

On se demande d'abord si Renaud ne se moque pas un peu, s'il n'en rajoute pas pour se montrer plaisant, et puis non, décidément cet homme est gentil. Il a aimé beaucoup la mine si avenante de Christiane et son rôti de lotte.

– Votre Céleste en somme...

Là c'était trop. C'était pour sourire.

– Que n'avons-nous notre Christiane ? s'exclama-t-il en se tournant vers Pierre, son Petit Poucet qui frisait sa moustache.

Ils partent en voiture visiter des jardins et des châteaux en Écosse.

Morterolles, 23 juillet

Le jeune maçon n'est pas tiré d'affaire. Les médecins disent qu'il ne va pas mourir, mais ils ne répondent pas aux questions que chacun se pose sur la gravité de ses blessures, l'état de ses organes vitaux. Son oncle Jean ne sait pas s'il pourra reprendre jamais son travail sur les chantiers où il se plaisait bien.

– Il était comme un troisième fils, celui qui aurait pris la relève. On n'y peut rien, c'est la vie.

L'oncle Jean, le maçon de Morterolles, n'a pas pleuré, il a dit : « C'est la vie. » Nous le disons nous-même quand elle nous malmène et nous laisse impuissant devant un lit d'hôpital. Il m'a tendu sa facture en se dandinant comme un boxeur sonné, la tête rentrée dans les épaules, vaincu.

– À qui la faute ?

– On attend le rapport des gendarmes pour savoir laquelle des deux voitures s'est déportée sur l'autre au sommet de la côte, à quelle vitesse... le choc a dû être terrible.

– Le petit avait bu ?

– Enfin... disons qu'il revenait d'une noce...

Morterolles, 24 juillet

Mon vieux Serge T. s'étrangle lorsque je lui demande s'il a pris ses dernières dispositions, il défaille si je lui rappelle qu'il n'échappera pas au sort commun. Ça il ne veut pas l'entendre. Cet homme-là est une autruche qui cache sous son lit dans une chambre de bonne des lettres de Montherlant, des photos de Genet nu sous une douche de fortune au milieu du désert marocain, des dessins de Cocteau à lui dédicacés, des bagues de Jouhandeau... et voyage en métro avec une carte orange. Il me regarde comme le diable quand je lui promets la fosse commune, et des pillards autour de son lit s'il ne voit pas un notaire au plus vite pour mettre de l'ordre dans ses affaires et n'embarrasser personne en cas de malheur.

Comme je lui conseillais de vendre quelques pièces de sa collection pour se trouver plus à l'aise et d'organiser l'héritage du reste au profit d'une fondation ou d'amis à lui capables d'en mesurer la valeur et le prix, il s'écria en secouant sa carcasse : « Oh, non, non, mon Dieu non, je ne m'en séparerai jamais ! » Pâle comme un mort, déjà.

Comment un homme aussi fin que lui peut-il croire qu'on emporte au paradis ses trésors ou sa misère ? On n'emporte rien au paradis. Il n'y a pas de paradis, pas d'enfer non plus, il n'y a rien, plus rien que le souvenir de nous dans le cœur d'un seul qui nous aura aimé. Et encore ! Les autres qui nous aimaient bien s'habituent vite à se passer de nous. Mon vieux Serge T. n'a pas de famille, en a-t-il jamais eu ? Pas la moindre arrière-petite-cousine, plus d'amant que dans ses rêves les plus noirs. Qu'adviendra-t-il de lui ? Tant de questions affolantes l'apeurent. Une autruche !

– Oh, non, mon Dieu non, non, je ne veux pas penser à ça...

Il agitait ses longues mains devant son nez pointu en répétant : « Oh, mon Dieu, non, non. » C'était hier au soir à la terrasse d'une auberge de routiers en bordure de l'ancienne nationale 20, du côté de Razès où nous avons dîné tôt après une promenade bucolique autour des lacs de Saint-Pardoux et une brève visite au cimetière. Serge T. n'a pas choisi le sien, la mort des autres lui suffit.

Morterolles, 26 juillet

Le conseil municipal de Guéret a-t-il longuement délibéré sur la question de savoir si oui ou non il pouvait ordonner le rangement des poubelles autour de l'église ? Les partisans et les opposants (s'il en fut) de ce projet grandiose se sont-ils empoignés ? Pour si peu, sûrement pas. Non, ce qui intéresse les maires et les conseillers municipaux de partout, ce sont les crèches et les stades. Le reste : les églises, les théâtres, les kiosques à musique, ce sont des lubies de vieilles filles. Ces messieurs se montrent plus accommodants avec les présidents en tous genres des clubs de football qu'avec nous qui réclamons des rues pour nos écrivains maudits.

Autour de l'église donc, collé à ces murs mêmes, on peut admirer, chef-d'œuvre de l'art s'il en est, un alignement de boîtes à ordures en plastique gris et bleu, la gueule ouverte sous les vitraux, entre des piles de granit que les siècles en passant n'avaient pas humiliées.

Je ne voudrais pas paraître m'acharner sur les édiles de la plus petite préfecture de France (la vulgarité n'est pas une spécialité creusoise), mais Guéret n'est pas n'importe quelle bourgade méditerranéenne, elle est Chaminadour en son cœur et tient, à ce titre, une place singulière dans ma géographie intime. Qu'il faille maintenant se pincer le nez et détourner le regard pour la visiter me semble être un grand malheur. Ne passent-ils donc jamais par-là, les élus de la commune ? Si les gens qui les élisent sont contents ainsi, je ne vois pas très bien de quoi je me mêle. Après tout, ces poubelles autour de l'église, qui les a vues à part nous ? Le curé s'en plaint-il ? Ses ouailles sont-elles aveugles ?

Philippe B., que j'entraînais pour la première fois hier à ma suite en pèlerinage sur les traces perdues de l'oncle Marcel, a ri. Philippe rit par principe de ce qui me scandalise autant que lui. M'entendre bougonner est pour lui une joie sans mélange. C'est un jeune homme qui écrit de beaux livres désespérés et repère de loin en hurlant de rire les impostures et les saletés du monde. Les poubelles ne pouvaient pas lui échapper. Il n'y a que lui pour tomber en arrêt devant une méchante plaque de cuivre usée où l'on peut lire ceci : « Ici l'amicale des veuves de la Creuse », une perspective enivrante seule capable de rivaliser avec « Les anciennes majorettes de La Baule ».

Les rues sont piétonnes à Chaminadour, il y a des fleurs, pas seulement des poubelles et des logements sociaux ; de cela nous pouvons rendre grâce aux gens de la mairie qui m'interdiront bientôt l'entrée de leur ville. Il y a des libraires aussi. Celui du boulevard Carnot a réservé la plus belle part de sa vitrine aux œuvres de Jouhandeau, on aurait cru qu'il s'attendait à nous voir passer là, devant sa boutique. Je suis entré serrer la main à ce brave et lui présenter mes excuses pour avoir écrit que personne n'avait lu Jouhandeau à Guéret et surtout pas les libraires. Cet homme-là, qui m'a fait mentir, sauve l'honneur et pour cela je lui ai promis de revenir l'hiver prochain signer mon journal à ses clients qui le voudront.

Et puis nous sommes allés à cinq cents mètres de là, rue de l'Ancienne-Prison, nous recueillir sous les fenêtres de la maison de famille des Jouhandeau. Il y en a quinze en façade, deux étaient ouvertes au premier étage. Serge T., qui ne s'explique pas comment il a pu rater les photos prises l'an passé dans le jardin et la chambre de l'oncle Marcel, et ne voulait pas rester sur un échec, a sonné à la porte au cas où, par extraordinaire, sa nièce Marthe serait là. Elle était là, occupée à des travaux de couture et de repassage, seule à l'ombre fraîche de la maison de sa petite enfance : la salle à manger Directoire, sa fierté, les cuisines, le lavoir, la bibliothèque. Elle nous a ouvert ce musée qu'on ne visite pas. « Mon oncle dormait où je dors aujourd'hui. » Si l'on s'en tient à sa date de naissance, Marthe est une vieille dame ; si on la regarde marcher droite, digne, c'est une poupée de porcelaine au teint frais, tout à la fois avenante et sur son quant-à-soi. Langage et mise en plis d'autrefois, elle dit d'un homme : « C'est un malotru » ; la saveur des mots, une affaire de famille.

Serge T. l'a photographiée sous les tilleuls du jardin entre Philippe et moi, nous lui enverrons la photo si ça lui fait plaisir. « Si vous voulez », a-t-elle répondu à Serge, l'air de s'en fiche énormément. Ce qui aurait ravi Marthe bien davantage que la promesse d'une photo d'elle, entre nous, c'est que j'accepte d'adopter son coq qui réveille le quartier et martyrise les poules.

Un coq !

Morterolles, 28 juillet

Reçu au courrier d'aujourd'hui, ce lundi 28 juillet 2003 à neuf heures du matin, une lettre censée avoir été postée à Bessines-sur-Gartempe aujourd'hui même lundi 28 juillet 2003 à dix-huit heures. Le cachet de la poste faisant foi. Un miracle, ou comment l'insoutenable légèreté d'un ou d'une fonctionnaire de la poste peut vous conduire en cour d'assises et de là en prison pour trente ans. Le cachet de la poste faisant foi.

Bientôt midi. On s'agite à l'étage au-dessous, les portes claquent, de la rigolade, des courants d'air, une humeur de colonie de vacances, et, par-dessus le ronflement de son aspirateur, ma céleste Christiane s'esclaffe des radotages et des accoutrements de Serge T. qui la poursuit aux quatre coins de la maison vêtu d'un jogging de rappeur et d'un turban fuchsia que lui a offert Arletty. Du boulevard.

Philippe et lui reprennent le train de quatorze heures dix-sept à La Souterraine pour Paris où l'on ne saurait se passer d'eux trop longtemps. Nous aurons fait les fous durant ces trois jours, dit des bêtises insondables, inventé des jeux. Il s'agissait la nuit dernière de répertorier de mémoire la liste complète des académiciens français, ceux du Goncourt et les dames du Femina, ces bonnes dames qui feront bien de décerner leur prix à Philippe en novembre prochain.

René Rémond, Michel Tournier, Solange Fasquelle, ces noms-là qui nous échappaient et que pourtant nous avions sur le bout de la langue, nous avons téléphoné à Jérôme Béglé en Turquie et à Paucard, à table justement avec Jean Dutourd, pour qu'ils nous les soufflent. Nous avions trouvé André Stil, ce qui est bien, mais l'oubli de Tournier nous a humiliés. Et monseigneur Lustiger ! Où avions-nous la tête ? Et Christine Jordis ? Est-ce possible de ne pas se souvenir de Christine Jordis ? Dépités, nous nous sommes vengés, Philippe et moi, sur Serge T., le nez le plus long de la Bibliothèque nationale. Serge T. qui commence toutes ses phrases par : « Mon ami... Marcel Proust », adore se faire remarquer. Il lui arrive parfois d'être remarquable.

Tu devrais écrire tes Mémoires, lui dis-je, « j'ai connu Nathalie Sarraute dans un goûter d'enfants... » ferait un bon début.

À partir de là, nous pouvions délirer, ce que nous fîmes allègrement.

Dix-huit heures. Cette lettre, arrivée sur mon bureau avant même d'avoir été écrite, ce miracle de la poste française est d'une dame de passage à Mortrolles.

« Cher Monsieur. Il faudrait que la femme du Duc veille sérieusement à ce qu'il y ait des allumettes à l'église. J'aurais tant voulu faire brûler un cierge à la mémoire de Stéphane et je n'ai pas pu. Il n'y avait personne sur place et vous pensez bien que je ne fume pas. Beaucoup de gens doivent être aussi déçus que moi. »

Je ne suis pas sûr que la femme du Duc soit en charge des cierges et des allumettes de l'église. Mais qui alors ? Il est possible qu'elle m'envoie promener si je lui pose la question, possible aussi qu'elle s'en aille du même pas chercher des allumettes dans sa cuisine.

Morterolles, 29 juillet

Ma mère me somme à l'instant par téléphone, sur un ton peu amène, de ne plus déplacer une vasque de fleurs sur « la tombe de Papa ». J'avais cru bien faire. Saisi par son reproche, je lui ai répondu sèchement que ce n'était pas un drame, que je faisais là-bas au mieux, le cœur serré et finalement comme il me plaisait. Ça ne lui a pas plu.

Si j'ai hérité des qualités de ma mère, j'ai aussi son caractère.

On voit ce que ça donne.

Morterolles, 30 juillet

Il mesure un mètre quatre-vingts. Au moins. Quand il apparaît au bout du couloir de l'hôpital de Vilnius, on pourrait croire à un athlète. On se dit que c'est un film, qu'il n'y a qu'au cinéma que les chirurgiens ressemblent à des dieux grecs. Il avance vers les caméras, comme on rentre au vestiaire quand le match est perdu. Il ne baisse pas la tête, mais on sent bien qu'il n'a pas envie de ça, de la télévision, de la presse, la gloire d'un quart d'heure qui l'attend ne l'amuse pas du tout, l'amabilité n'est pas son genre de beauté. Il s'appelle Stéphane. Stéphane D. Il est bronzé, hâlé serait plus juste, un peu plus serait trop. Il s'était accordé deux jours à Belle-Île-en-Mer pour faire de la planche à voile quand on l'a rappelé. Sous son image, en plan américain, ils ont écrit : neurochirurgien. Déjà chirurgien ça fait peur, mais alors neurochirurgien... On le regarde, on ose à peine respirer, on voudrait voir ses mains, on les apercevra une seconde quand il les sortira des poches de sa blouse vert pâle légèrement dégrafée où il les tient poings serrés. Sa rage on l'imagine. Le regard est sombre, on n'est pas ici sur l'île de la Tentation, la parole nette, comme le trait de son scalpel sur nos têtes. Stéphane D. a vu s'envoler l'âme de Marie T., il a fait ce qu'il a pu pour la rattraper. Il n'a pas pu. Une autre fois, un autre jour, une autre nuit avec ses mains, ses mains en or pour nous sauver la vie, nous faire jouir de nouveau, il réussira. Nous serons nu, abandonné à lui sous un drap blanc qu'il pourra relever à sa guise, il décidera de tout et nous nous laisserons faire, il aura tous les droits, ses mains glisseront entre nos jambes, sur notre ventre, dans notre délire nous aurons rêvé de lui. Car nous délirons naturellement, les mains d'un chirurgien ne sont pas celles d'un homme. Quel âge a-t-il ? Quarante ans ? Pour avoir une idée plus précise, il faut le deviner quand il sourit. Cela doit bien lui arriver de sourire par-dessus les vagues à Belle-Île-en-Mer. Trente-cinq ans alors, et encore. Les femmes s'entretueront pour un regard de lui, si ce n'est déjà fait. Lui ne lèvera sur elles ses belles mains que pour les guérir. Dans les romans-photos, où l'on en voit beaucoup de ces docteurs irrésistibles qui font de la planche à voile avant de courir au bloc nous ouvrir le cerveau ou le cœur, ces histoires-là paraissent folles ! Le sont-elles ? La vraie vie de tous les jours est encore plus folle, plus tragique. Ni les neurochirurgiens ni les chanteurs de rock and roll ne sont au-dessus de tout soupçon.

Quand il est apparu au bout du couloir de l'hôpital Saint-Antoine où je l'attendais, le dos collé à la porte de la chambre 5, Stéphane, le mien, avait quarante de fièvre. Il y a dix ans aujourd'hui.

Morterolles, 31 juillet

La guerre civile (la préférée des hommes), la guerre civile comme un carnaval. Au Liberia ces jours-ci, à la télévision, en couleurs dans les journaux. Des masques hilares.

Ces garçons de quinze ans qui dansent et rient, ivres de plaisir, une Kalachnikov entre les bras dans les rues de Monrovia, celui-là qui promène la tête d'un autre qu'il vient de décapiter et jouit debout comme jamais il ne jouira contre une femme, les femmes qui sont la douleur même ; et les petits enfants, il y en a partout entre les jambes des « soldats » et qui sautent dans des flaques de sang. Il faut châtrer leurs pères, les priver de sexe et de fusils, leurs jouets adorés. Ils dansent aussi les pères, enfin ils se courent après et c'est une danse, une transe dans la poussière d'un bidonville en feu. Qui n'a pas vu ça n'a pas idée du bonheur des hommes à la guerre. La guerre civile, leur préférée.

Le Midi flambe, la Corse aussi. L'été, toujours la même histoire, des salopards dans les fourrés et des campeurs en bermuda, ventre à l'air, qui veulent voir ça de près et qui s'approchent et garent leurs bagnoles sous les roues des pompiers. Ce sont les mêmes, dans la même tenue, qui se bousculaient la semaine dernière dans la roue des coureurs du Tour. Des foules dépenaillées, des abrutis qu'il faut distraire, et pas très loin des salopards qui s'y emploient. L'été !

Ma mère, qui part demain en Normandie chez ma sœur Christiane, vient de me faire porter par celle-ci une poignée de photos de moi bébé dans ses bras au Jardin des Plantes, sur les épaules de mon père à Toulon, le jour de mon baptême, ou sur une balançoire. Des photos d'elle aussi, toute menue, perchée sur des hauts talons d'avant-guerre. Environ une quinzaine de clichés qui jaunissaient dans le tiroir de la table de la salle à manger de la maison de notre enfance, près d'ici, où elle n'était pas revenue depuis la mort de mon père. Jetées en vrac, comme on renvoie un paquet de lettres d'amour et sa bague de fiançailles, dans une méchante enveloppe de la Sécurité sociale, accompagnées de ce mot doux : « Si elles te font plaisir tant mieux, si tu n'en veux pas jette-les ! » Signé : « Ta mère. »

On ne fait pas plus aimable.

Christiane m'avait prévenu : « Maman est très en colère, elle ne veut pas dîner avec toi ce soir. »

Je m'attendais à des reproches invraisemblables, à une demande d'excuses circonstanciées, à une leçon de politesse, que sais-je ? Qu'elle ait choisi, finalement, le mode sentimental pour me signifier son courroux prouve bien que tout n'est pas dit. Elle me connaît assez pour savoir que ces photos n'iront pas à la poubelle, que sa provocation n'aura pour effet que des larmes sur mes joues.

Morterolles, 1er août

Comme prévu la femme du Duc m'a envoyé promener. Ça tombait bien, nous nous promenions. Non, elle n'ira pas mettre des allumettes à l'église parce qu'elle a autre chose à faire et monsieur le curé ne veut pas.

– Et pourquoi monsieur le curé ne veut-il pas d'allumettes à l'église ?

– À cause de la sécurité, voyons. Par les temps que nous vivons, des malveillances sont à craindre.

Morterolles comptant parmi les cités les plus criminelles de France, j'ai dû admettre le bien-fondé de leur prudence. Par ailleurs, la femme du Duc en a assez de recevoir les doléances de chacun ici où on la tient pour responsable de tout. L'Angélus, par exemple, qui avait disparu, sonne de nouveau depuis sept heures trente hier matin. Un enchantement que ce retour à l'ordre sacré du ciel et des anges.

– Eh bien, figurez-vous que ça ne plaît pas à tout le monde. Deux personnes sont déjà venues se plaindre à moi d'être réveillées trop tôt, alors vous comprenez, les allumettes...

La femme du Duc n'était pas disposée hier au soir, il faut la comprendre, ce n'est pas si gai d'avoir à faire à des « médiseuses » qui ont le cul plus large que leurs idées.

Morterolles, 2 août

Budapest. Buda-Pest. C'est le mot peste qui fait peur. J'étais un enfant, j'imaginais cette ville comme une maladie. À la radio on disait que c'était grave. Budapest la nuit dernière à la télévision, guérie depuis longtemps sans doute, mais qui le dit ? Splendide à nous couper le souffle, l'élégance même. Qui le sait ? Il n'y a pas à craindre de palmiers au bord du Danube. Budapest on n'y pense jamais. Budapest, Vladivostok, Helsinki, Édimbourg me dit-on, Prague...

Ma ligne d'horizon ne meurt pas quelque part entre Morterolles et Chaminadour. Je rêve plus haut que le clocher du village, plus loin que les tours de Notre-Dame, mais je ne bouge pas ou si peu. L'Europe du Nord et de l'Est est à ma portée, des rivières en Irlande, des balcons en Autriche, des moutons en Écosse, des tavernes. J'attends quoi ?

Je n'aurai aucun mal à oublier Palerme, Hong Kong ou Ibiza, ce monde qui va en espadrilles n'est pas le mien. L'Inde, l'Asie, l'Afrique, on me dit que ça existe, que des milliards d'hommes vivent là-bas, comme si j'étais un idiot, je sais cela qui me fait fuir justement, des milliards d'hommes (qui me valent bien) meurent les uns sur les autres dans l'épouvante d'une mousson. Que rien ni personne ne m'oblige jamais à aller mourir là-bas où, par bonheur, je ne suis pas né.

Budapest, Budapest, Vienne et Varsovie, Morterolles et Chaminadour.

Morterolles, 3 août

Suite et illustration de la séquence précédente. À peine avais-je tourné la page d'hier, désolé de mon indécision à partir, que Renaud C. me téléphonait en anglais du nord de l'Écosse :

– C'est un pays pour vous, cher Pascal. Dix-sept degrés de température quand il fait chaud, un ciel qui change toutes les deux minutes... des rivières, des jardins comme nulle part ailleurs. Prenez un pull-over et sautez dans un avion.

Sauter dans un avion ! La dernière chose dont je sois capable.

Je pense à la femme du notaire qu'un simple appel téléphonique aurait pu retenir chez elle trente secondes de plus ce matin-là. À cet avion qu'on a raté et qui s'écrase sans nous, à ces baisers perdus avec notre jeunesse. On appelle ça la fatalité ou la chance, le hasard aussi. On appelle ça la vie, ce miracle dont on ne réchappe jamais que de justesse et très provisoirement.

Je n'ai toujours pas effacé de mon agenda le numéro de téléphone de Charles Trenet, ni celui de Gilbert Bécaud. Une gomme d'écolier suffira. Dans l'élan de ce geste banal et terrible aussitôt, je ferai disparaître d'autres disparus de ma vie, vivants encore mais loin de moi, occupés de si misérable façon qu'ils ne comptent plus.

Place nette.

En pays de connivence, à Guéret hier, à l'heure où le soleil décline enfin. Dîner à la terrasse d'un restaurant suspendu parmi des arbres tricentenaires au-dessus de la place Bonnyaud, à l'invitation du bon docteur Roussillat, premier biographe de Jouhandeau notre maître. Je n'allais pas m'ennuyer, je le savais. Le docteur est parfait. Il baisse la voix pour nous narrer par le menu des turpitudes de presbytère comme si l'évêque en question allait nous surprendre, et puis, n'y tenant plus, nous lit la première page de *La jeunesse de Théophile*, dont l'excellence nous avait échappé. Un modèle. À cent mètres à vol d'oiseau de notre table, on surplombe la caserne où Théophile passa gaiement la guerre de 1914 à 1918. Roussillat raconte :

– Ce fut pour lui une époque très insouciante, vous savez la guerre par ici n'avait pas d'importance, et, comme vous le voyez, la caserne est en lisière du bois de Grancher, le fameux bois pentu qui fut le théâtre de tant de galipettes avec les jeunes recrues.

Ah, la belle époque des copains de régiments !

À cette évocation enthousiasmante de la guerre mondiale sous les châtaigniers et les chênes de Grancher, j'ai vu s'arrondir d'envie le regard de Didier, un ami de passage, qui aurait tant aimé lui aussi débaucher son lieutenant et que j'avais convié à se joindre à nous puisqu'il était là, devant ma porte, à l'instant où je partais pour Guéret. J'ai dû lui expliquer qu'on ne se présente pas à table en tenue de campeur, pas à la mienne, ni même à celle des Roussillat qui savent se tenir, eux.

L'épouse du docteur est une personne altière tout en jambes, qui se déplace comme il fallait se déplacer en 1950 sur les podiums de Nina Ricci et de Balenciaga. Un déhanchement à peine suggéré, une raideur contrôlée. Le chic même. Nous l'appellerons Maddy, puisqu'elle se présente ainsi, alors que Madeleine eût parfaitement convenu. On aimerait tant la revoir sous le chapeau signé Claude Saint-Cyr qu'elle portait sûrement le jour de son mariage. On l'entend d'ici se rengorger, mi-canaille, mi-mondaine :

– Vous n'y pensez pas. Ce temps-là n'est plus, je ne sais même pas si j'ai porté un chapeau... Ah si, peut-être à la messe d'enterrement du cardinal Daniélou, c'est probable, mais enfin vous êtes terribles, vous les écrivains, à nous inventer des chapeaux et des vies de sainte ou de patachon, alors que... mon pauvre ami ! »

Oui, je l'entends me dire cela qu'elle ne m'a pas dit, mais qui lui ressemble assez. Elle porte les cheveux tirés en un chignon impeccable, pas une mèche n'est à déplorer sur son front ni sur ses joues de porcelaine. Madeleine R. (décidément Maddy ne passe pas) n'a pas d'âge, une madone des églises comme on en voit sur les émaux de Limoges, une tenancière qui aurait fait ses humanités. Une femme, de celles qui nous consolent un peu de la vulgarité du monde. Elle lit André Gide, et l'on pense qu'elle sait faire la confiture d'abricots. On se doutait bien que le docteur Roussillat n'avait pas épousé une idiote.

Morterolles, 4 août

Proposition furtive au coin d'un bois : « Est-ce que mon âme vous intéresse ? »

Non, ce qui m'intéresse ce n'est pas son âme, en tout cas pas si vite, de ce côté-là rien ne presse.

Le fils du Duc refuse de suivre sa fiancée en vacances dans le Midi chez les parents de celle-ci pour la bonne raison que le bruit des cigales l'insupporte. Certains disent : « Le chant des cigales. » Des sourds probablement. Le fils du Duc est chef d'orchestre. Il n'est pas sourd, et nous non plus.

Noir Désir. On entend dire cela depuis que Marie est tombée à genoux. Noirs désirs ! Sait-on jamais ce qui lie les amants, ce qui les tue ?

Morterolles, 5 août

« C'est clair qu'au niveau du vécu, le relationnel parental n'était pas clair. Le côté fusionnel au nécessaire épanouissement de l'enfant a été négligé. » Je cite de mémoire, mais c'était pire.

Ce baragouinage caractérisé d'une psychanalyste au micro d'une radio périphérique, on l'entend partout, il est plaqué dans la bouche des parloteurs (j'ose le mot, au point où nous en sommes !) de la radio et de la télévision. Ils le propagent, ils s'en délectent : « Au niveau du vécu, du ressenti... » Nous n'en pouvons plus de lire sous la plume de journalistes qui se croient uniques au *Monde* : « La procureure est aussi une écrivaine qui a une bonne approche du monde sociétal. » Non, nous n'en pouvons plus de cette littérature putassière qui tente de racoler la jeunesse du 9-3 et les bobos du Marais ou de Montpellier.

Il doit bien en traîner quelques-uns à Limoges aussi.

Bobos, ce raccourci nigaud, tombe sous ma plume quand je veux dire la déliquescence de l'époque, son laisser-aller, les trentenaires en baskets qui téléphonent à table en laissant leurs gosses cavaler à travers le restaurant et nous regardent de travers si cela nous agace un peu.

Qu'on nous rende les rois et les reines, les princes, la cour et le bas clergé, les bourgeois, les bourgeoises et les demi-mondaines, les bidasses et les maréchaux de France, les prolétaires et les paysans, les instituteurs en blouse grise de la IIIe république, mais qu'on nous garde des bobos. Qu'ils restent entre eux, « au niveau de leur vécu », qui n'est pas beau à voir.

Seize heures. Il fait quarante-deux degrés place de l'église. Morterolles est prostré dans un silence qui fait peur. Jean-Noël vient de s'allonger sur le canapé du salon où Stéphane se réfugiait quand ça n'allait pas. J'ai donné congé aux jardiniers et à Christiane. Maman ne m'a pas téléphoné depuis huit jours. J'ai l'âme à marée basse comme jamais. Je me venge sur les bobos qui, naturellement, adorent l'été et les vacances, le soleil en Ardèche ou dans le Luberon, les pèlerinages sur le Larzac.

Les vétérans du genre, les pires, se sont trompés sur tout et ils continuent.

Morterolles, 6 août

« Et ça va durer ! » On ne peut pas être plus réjoui que le type préposé à la météorologie sur Europe 1 pour nous annoncer que ça va durer, que des records historiques seront battus. Les pompiers, les manœuvres de la DDE, les malades peuvent bien crever du feu, le type de la radio est ravi. C'est l'été ! Des jours splendides ! On s'attend à des larmes de joie. Ni les filles de LCI ni la grande bringue de TF1 ne sont en reste, il faut les voir frétiller d'aise en pointant leurs doigts de mauvaises fées sur l'anticyclone des Açores, ce maudit.

Seules nouvelles fraîches, Paul-Marie Coûteaux, mon voisin berrichon, plante lui-même ses arbres et boit du thé en écoutant Rachmaninov. Il y a des poules, des canards, autour de son domaine, il espère l'automne et les aubes glacées de novembre. Il lui arrive d'être heureux en lisant Giraudoux devant un feu de cheminée. Cet homme-là, je le pressentais, a du goût, je ne savais pas qu'il était écrivain. La lecture de son journal à paraître à la rentrée qu'il m'a fait tenir dès hier me sort un peu de la torpeur ambiante. Je m'accroche, tel un désespéré, à ces pages si purement françaises où le bonheur coule de source dans une langue ignorée des barbares. Paul-Marie C. fait son marché et la cuisine en compagnie d'un E. mystérieux, capable de couper la queue des moutons et probablement de préparer les écuries. Il a bien de la chance d'avoir près de lui un E. Parfois sa mère passe. Il se désole comme nous de la laideur des hangars et des gens qui y dansent, des messes dites à pas d'heure par des curés sautillants et forcément « sympas ».

Le sud du Berry, le nord de la Haute-Vienne, ces terres improbables que personne ne nous envie, nous serons les derniers à les chanter. Paul-Marie C. et moi savons bien que *Le bonheur de Barbezieux* est introuvable depuis un siècle ailleurs qu'en librairie, et qu'il nous faut presser le pas si nous voulons faire « un petit séjour en France » avant qu'il ne soit trop tard.

Morterolles, 7 août

L'impression d'être pris dans une nasse. Et s'il n'allait plus jamais pleuvoir ni neiger ? Si la banquise et les neiges éternelles de nos livres d'écoliers devenaient des mensonges ? Si les icebergs allaient fondre comme les glaçons dans nos verres de vin blanc ? Un cauchemar. En nous réveillant, nous serions morts.

Je m'étais promis de ne pas y revenir, de ne pas transformer ce journal en carte postale : « Il fait chaud, je me baigne, bisous » ; je l'ai trop reproché à d'autres. Je me suis donc tenu à la règle que je m'étais fixée, elle ne doit pas m'empêcher de maudire le ciel en ces jours atroces. Est-ce fortuit si le premier mot de la première phrase du premier volume de ce journal est : « Doux ! ce mot, mou comme du beurre au soleil. Ils disent : doux, les gens de la météo, avec délectation. Temps doux ! Comme si c'était une bonne nouvelle, comme si cela était normal un premier janvier. Comme s'ils étaient chargés de se réjouir pour nous de cette mauvaise manière de la nature. »

Déjà le temps qu'il fait et puis le temps qui passe. Ajoutée à notre chagrin la douceur l'aggrave, c'est l'air des montagnes qui convient aux malades. Nous le sommes tous.

Morterolles, 8 août

C'est un bonheur sans mélange que d'entendre Jean-Paul II, si visiblement au mieux de ses esprits, condamner nos amitiés particulières, nos amours contre nature, sodomites et blablabla et blablabla... Nous tenons à la disposition de Sa Sainteté et des saints qui l'entourent d'autres définitions de nos vices plus explicites encore, oui vraiment : un bonheur sans mélange. Que n'entend-il nos rires qui résonnent encore sous les voûtes des caves du Vatican où nous allions jouer à pigeon vole après le caté ?

En dépit de la vive sympathie que m'inspire Jean-Louis Remilleux, le président de Match TV, je viens de refuser la proposition qu'il m'a faite de paraître trois fois par semaine à vingt heures dans l'émission qu'il va produire pour Canal +, animée par deux garçons très fréquentables : Ariel Wizman et Stéphane Bern, près desquels travailler eût été un plaisir. Mais non. Je suis pour l'heure fatigué de me voir à la télévision, ce qui me chagrine, me bouleverse ou me scandalise, je le confie à ce journal et, surtout, je ne veux pas aller faire le guignol après « les Guignols », ces masques mous manipulés par des démagogues ivres de leurs misérables pouvoirs. Ils ne m'intimident pas du tout, ils me dégoûtent.

Morterolles, 9 août

Petites nouvelles des miens qui ne vont pas mieux que moi, ce serait trop injuste s'ils allaient bien, s'ils chantaient. C'est la mélancolie des autres qui rend la nôtre supportable.

Un fax de Paucard, ce matin, qui se dispense désormais de signer ses « ronchonneries » dont je pourrais être l'auteur et lui le destinataire. Pour remède contre la canicule, il ordonne : le retour à l'heure normale, celle de l'hiver et du ciel, « nous aurions ainsi des matinées plus longues et plus fraîches et des fins de journée moins mortelles ». Vraiment primaire ce Paucard. Il retarde sur la modernité qui est justement d'aller chercher midi à quatorze heures. Pauvre Paucard, pauvre de moi !

C'est un comble de se faire traiter de retardataires par ceux-là mêmes qui dérèglent les pendules.

Philippe lit à l'ombre des jeunes filles en fleurs, au bord d'une piscine en Ardèche, chez des amis genre poutres apparentes, thé de Ceylan, abonnés à *Télérama* et qui, naturellement, ne regardent jamais la télévision. Sacré bobo, mon Philippe ! Presque une caricature de l'espèce. Comment fait-il pour partager mes larmes, mes désirs et mes indignations ? Il m'écrit sur un bristol daté du 5 qu'il a terminé son roman sur Rimbaud à Morterolles, et que la déprime le guette, sûr qu'il est d'avoir touché à ses limites et de ne plus pouvoir jamais les dépasser.

Serge T. m'appelle, vers onze heures du soir, du métro Châtelet où il descend pour s'en aller en claudiquant faire un tour sur les quais de l'île Saint-Louis, et finir du même pas sous le pont Marie où un orchestre nègre mène une sarabande qui lui échauffe les sens.

– Et alors ?

– Oh, mon petit ! je te raconterai, tu ne perds rien pour attendre. Surtout félicite ton ami Bertrand, l'organisation est parfaite.

– Et la journée, que fais-tu ?

– Je me consume, mon petit. Je lis Goethe pour me

rafraîchir en attendant que la nuit tombe à la terrasse d'une brasserie, face à l'Hôtel de Ville où les serveurs sont aimables.

Lulu, lui, reste couché en écoutant les vieux disques de Vanessa Paradis et de Mylène Farmer, poupées sucrées de son enfance devenues icônes intouchables aujourd'hui des garçons de son âge qui ne sortent des jupes de leurs mères que pour aller embrasser des garçons. Les vieux disques de Vanessa Paradis ! Il en est déjà là, mon Lulu ! C'est dire où nous sommes arrivés, nous que Françoise Hardy mène par le bout du cœur.

Et que le bal recommence sous le pont Marie.

Morterolles, 10 août

L'amour, il n'y a pas de doute, c'est lui ou c'est elle, pas un autre, pas une autre. Lui. L'amitié est un sentiment plus imprécis, l'amitié se disperse, elle a trente-six têtes qui s'allongent un jour en pied de nez, le contraire arrive, des grimaces deviennent sourires mais plus rarement, la déconvenue est inéluctable. Il n'y a d'amitié que de circonstances, de carnaval ou de caserne, de camping. Les affinités électives relèvent d'un genre plus subtil où le désir est possible, mais discrètement. Nous confondons tout. Le malheur des hommes vient de là qu'ils nomment amour leurs désirs, leurs douleurs.

Morterolles, 11 août

Le feuilleton, au générique si prometteur, des parties fines dans un château près de Toulouse, aura duré moins longtemps que la canicule. Les ficelles étaient trop grosses, les martinets, les cagoules et autres menottes sortis d'un magasin de farces et attrapes. Quelle déception pour nous que ce menu alléchant avait mis en appétit ! Les commissaires de police, les procureurs et les maquereaux peuvent aller se rhabiller et nous avec. La séance est levée ! Heureusement qu'il y a tous ces incendies, si beaux à voir après dîner, sans quoi quel ennui ces vacances ! Mais les foules hébétées se lassent vite, il leur fallait une affaire toute bête, à leur portée : un homme et une femme, par exemple, un homme et une femme dans une chambre d'hôtel une nuit d'été à l'étranger. Ça, les foules hébétées, ça leur plaît, un homme et une femme en chaleur qui s'ébattent et se battent un peu, pas trop fort, s'ébattent encore et jouissent enfin. Parce que les foules hébétées sont composées d'hommes et de femmes qui n'ont qu'une idée en tête : faire l'amour et prendre une douche, éventuellement.

Ils n'ont pas beaucoup d'imagination, il leur faut des histoires simples avec des larmes autour et des robes de mariée à la fin.

Les foules hébétées avaient bien aimé le film. Avec des gosses partout, des cigarettes parfumées et des plateaux-repas pour les Restos du cœur. Les foules hébétées adorent les grandes gentilles vedettes qui sont si bonnes avec les petites gens, alors forcément la fin du film leur a fait peur.

Ils savent maintenant que la Lituanie est un pays où

les chambres d'hôtel des palaces sont aussi laides que celles dont ils rêvent pour quand ils seront riches, que la grande vie d'actrice de cinéma avec un chanteur de rock and roll, ce n'est pas la grande vie, mais la mort.

Morterolles, 12 août

Des nouvelles du livreur de pizzas dix-huit mois après les faits. Je ne l'attendais plus.

– C'est Mathieu, vous vous souvenez de moi ?

Comment l'aurais-je oublié ? Mathieu, qui ne s'appelle pas Mathieu et n'est plus livreur de pizzas mais coursier pour une compagnie d'assurances, voulait me dire qu'il s'était reconnu dans les pages de *Lentement, place de l'église* où je ne cache ni ses fesses ni sa bouche sur la mienne.

– Ça m'a fait drôle, mais ça m'a rappelé une belle soirée et puis je ne pensais pas que vous alliez écrire sur ça. Je ne savais même pas que vous étiez écrivain, c'est ma mère qui me l'a dit, elle est folle de vous.

Charmante nature, vraiment, que ce Mathieu qui voulait m'avertir « longtemps à l'avance » qu'il va se marier au printemps prochain à la campagne et qu'il souhaite de « tout son cœur » que je sois son témoin.

– Ce serait un honneur pour moi, je vous présenterais à ma famille...

Ben voyons ! Le bonheur dans le pré et moi faisant la quête pour la jarretière de la mariée. Imagine-t-on plus touchant tableau ? Comment ne pas être sidéré et vaguement ému qu'un jeune homme qui fut notre amant nous propose, en toute innocence, d'être le témoin de ses noces champêtres et bientôt pourquoi pas le parrain du premier bébé ?

Quel joli monde quand même que celui de Mathieu qui rêvait d'épouser Amélie Poulain ! Ce sourire dans sa voix m'a découragé de lui dire non, de lui faire de la peine ou de simplement le décevoir. Je n'irai pas à son mariage, mais qu'il l'espère est assez extraordinaire.

Je l'ai invité à revenir vers moi, en septembre, à Paris, il connaît l'adresse et le chemin. Le mieux serait qu'il enterre sa vie de garçon dans mon lit.

Morterolles, 13 août

Mon amour est au masculin, nos amours sont au féminin. La langue française est bisexuelle. De là sans doute ce charme ambigu qui nous procure tant de frissons et nous fait dire tant de bêtises.

Ma mère a consenti à saisir le téléphone portable que ma sœur Christiane lui tendait pour me dire bonjour. Non pas « bonjour mon grand, as-tu bien dormi ? comment te portes-tu ? »... pas si vite. Trois fois rien, « des choses banales comme on en lit sur le journal, comme on en dit le soir chez soi ». Sa voix n'était pas sa voix de quand j'étais petit, mais enfin... À ce fils indigne qui lui ressemble tant, qui a osé déplacer un pot de fleurs fanées sur la tombe de Papa, elle a parlé.

Et si les pompiers faisaient la grève, s'ils décrétaient que ça suffit maintenant, que Paris peut bien brûler et la Corse avec !

S'ils exigeaient sur-le-champ, là, à la lisière des pinèdes en feu, qu'on paie enfin décemment le service public qu'ils nous rendent au risque de leur peau. S'ils exigeaient au moins qu'on ne se paie pas leur tête en leur refusant le statut des métiers à risques, ils obtiendraient ce qu'ils méritent, ce que nous leur devons.

Mais ils ne feront pas grève, ces hommes-là ont le sens de l'honneur et du devoir. On ne prend pas son pays en otage quand on est pompier.

D'autres s'en chargent.

Morterolles, 14 août

Des femmes évaporées, des danseurs de cha-cha-cha. Adolescent, j'avais rêvé de ce monde-là où l'on s'appelle Zsa Zsa Gabor et Porfirio Rubirosa. Je voulais être de ces chanteurs de twist au bord de la piscine d'Eddy Barclay. Comme un imbécile je disais la « Côte d'Azur » en croyant avoir tout dit. J'y suis allé, j'en suis revenu. Nous ne vivons que d'illusions et de souvenirs.

J'écris cela trente ans après les jours éblouis de ma jeunesse, depuis Morterolles, un lieu commun où les femmes évaporées ne courent pas les rues et n'auront jamais vu passer qu'un prince aux yeux verts à cheval dès l'aube dont la légende fera un dieu.

Je n'ai pas fait mon deuil, pas admis l'inadmissible. Je fais un effort surhumain pour donner le change en société. Au plus fort de mes emportements, aux plus beaux de mes sourires, je reste l'homme blessé qui se débat comme le poisson dans la main du pêcheur qui va l'étouffer.

Si l'on se demande qui regardait LCI hier après-midi, sur le coup de seize heures, je peux répondre : la femme du Duc. C'est elle qui m'a téléphoné afin de m'avertir que la chaîne d'informations rediffusait le débat à la fin duquel j'avais réussi à glisser subrepticement hors sujet des paroles amicales à Renaud Camus, qui n'en revint pas.

Pour sa défense, je suis tombé du côté de Finkielkraut. On ne peut pas mieux tomber.

Morterolles, 15 août

Fallait-il goudronner d'urgence un 14 août, dès sept heures du matin, la place de l'église et la route départementale qui la traverse pour s'aller perdre du côté de chez moi et dans les prés alentour ?

La femme du Duc a déjà donné sa réponse : c'est non. Elle est aux cent coups depuis l'aube où elle a vu débarquer sous ses fenêtres une benne fumante de goudron tiède entourée d'une équipe de la DDE armée de pelles et de râteaux. C'est le maire, soucieux de la paix civile, qui, prenant les devants, vient de m'apprendre qu'il y avait du rififi, alors qu'il pensait bien faire en arrangeant au mieux cette place « très visitée à présent, un peu grâce à toi ».

N'ayant pas le pouvoir de déplacer la DDE un 14 août, ni même un 13, pour mes beaux yeux, j'ai remercié ce bon Bernard en lui faisant remarquer que je n'avais rien demandé. J'eusse préféré de beaucoup que les cantonniers s'activent dans les parages, derrière l'église notamment, autour du lavoir, enfin partout où ils ne passent que distraitement.

L'urgence est là, la propreté d'abord, qui ne coûte rien, le ravalement des maisons, les pelouses et les fleurs mortes, et puis les trottoirs défoncés par endroits, en bien plus mauvais état que la chaussée qui pouvait attendre, en effet. Mais bon !

À onze heures tout était terminé. Quand je pense au chantage que je dois mener pour obtenir une guirlande de Noël clignotante, une peinture qui ne soit pas de carnaval aux volets de la salle des fêtes... Lorsque le maire m'a téléphoné, je n'avais rien vu de ce qui se tramait et pouvait bien justifier l'ire de la femme du Duc. Comme elle n'est pas folle, je m'attendais à pire. Cette masse noire évidemment, avant que la pluie, ce miracle toujours attendu, ne la lave, n'est pas du meilleur effet, mais si l'on ne va pas regarder dans les coins... Le problème justement, c'est que la femme du Duc, elle, va regarder dans les coins. Ce n'est pas moi qui m'en plaindrais. L'équipe de la DDE revient lundi, nous dit-on, entreprendre la deuxième partie du programme devant chez moi où mon cousin Vincent, en faction dès l'aube, l'attendra. À ces gars, il saura parler technique mieux que nous. Quarante ans de travaux publics le qualifient pour le rôle de vigile que je lui ai confié. Si les choses ne tournent pas mieux, nous saurons à qui nous en prendre.

Morterolles, 16 août

Si l'on part du principe que les choses vont s'arranger, on s'expose aux pires déconvenues. Si l'on admet qu'elles vont mal et qu'elles iront de plus en plus mal, alors l'espoir est possible.

Il pourrait pleuvoir un peu dans les jours qui viennent, nous annonce-t-on enfin. N'en doutons pas puisque le pape et le recteur de la Mosquée de Paris ont fait savoir qu'ils avaient prié pour que tombe l'eau bénite.

Oh, la misérable compassion des médias pour le meurtrier « présumé » de Marie T. On croit entendre Barbara : « Si la photo est bonne qu'on m'amène ce jeune homme, l'a pas plus l'air d'un assassin que le fils de mes voisins. »

Laurent T., mon danseur de paso doble qui ne s'échappait des bras crochus de quelques octogénaires entreprenantes que pour se glisser telle une anguille entre les jambes de taxi-boys endimanchés, est essoufflé. Triste. Lui qui pouvait s'élancer sur le plancher des guinguettes des heures d'affilée n'a plus la tête à ça. Il ne s'agit pas d'un problème cardiaque, semble-t-il, ni même de sa tension artérielle plutôt capricieuse au point de l'avoir inquiété sérieusement l'hiver dernier, non, la défaillance de Laurent T. remonte aux nuits de sa petite enfance où sa mère le laissait pour aller faire la folle au bar du dancing, son père suivant. « La passion du musette me vient d'eux, c'est la seule chose que je leur dois », m'avait-il confié, lui qui se confie si peu.

Laurent T. a cru que les flonflons du bal allaient lui suffire, qu'il n'aurait besoin de personne que pour danser, de partenaires légers pour les samedis, dimanches et fêtes. Il vit le cœur serré, les lèvres closes. On ne voit pas très bien où il veut en venir. L'idée de Morterolles, qui l'avait beaucoup occupé il y a trois ans, vient subitement de lui reprendre : « Vous êtes seul ? »

Ce qu'il n'a pas perdu, en revanche, c'est cette manie de m'interroger sur le moindre de mes faits et gestes, le menu de mes dîners et avec qui je les partage. « Vous êtes seul ? », cela veut dire : « Je viendrais bien vous rejoindre. » S'il avait attendu que je l'invite ici, il aurait attendu longtemps. Mais il viendra puisqu'il en a le désir et qu'il l'avoue. Dans la clique de mes garçons, Laurent T. pourrait figurer le valet de carreau.

Morterolles, 17 août

La route noire ne passera pas devant chez moi, Vincent, qui suit à la trace la benne de goudron au cas où, vient de m'informer que « les gars ont reçu ordre du conseil général de s'en tenir à la départementale qui longe le bas de la propriété ». Ma maison étant située, elle, sur une voie communale (l'avais-je oublié ?), nous échappons provisoirement au ruban de deuil promis. Reste sur la place une marée noire ineffaçable avant le déluge.

Est-ce avec la permission de leurs pères que des filles de treize, quatorze ans s'en vont le nombril à l'air traîner la nuit venue autour du camping ? Croient-ils, ces benêts, que leurs chères petites n'affoleront jamais que les grands dadais de leur âge ?

Il y a là-bas (elles le savent), dans les caravanes et sous les tentes des pères de famille qui les matent.

Pour les pères, tous les pères, la fille qui passe à leur portée dans cette tenue-là, avec ce regard-là, ce n'est pas leur fille, c'est une garce.

Morterolles, 18 août

Me voilà repris par le démon du rangement, autrement dit, du nettoyage par le vide. Je ne souffre pas l'idée que s'entasse ici et là, dans les armoires et les greniers, le bric-à-brac dérisoire de nos vies, de la mienne, de la sienne. Nos chemises défraîchies, ses jeans et les tee-shirts de sa jeunesse seront chiffons bientôt, le costume blanc que j'arborais fièrement en haut du grand escalier du Casino de Paris au final, une serpillière mangée aux mites. Des reliques ? Si l'on veut, mais pour qui ? Vais-je aller jusqu'à mon dernier souffle me recueillir devant les oripeaux de ma gloire passée ?

Enfouir mon visage dans son linge intime comme un dément ? Oui, comme un dément. Je ne rentre plus dans le pantalon à pinces que Lulu m'avait offert pour nos vacances en Allemagne. Je ne veux plus de draps blancs. Des linceuls. Nos bottes d'hier, ses sabots... personne jamais ne mettra ses pas dans les siens. Dérisoires donc tout cela. J'ai éventré quelques cartons déposés (en attendant quoi ?) dans le garage d'une dépendance dont Vincent se fera le gardien. Et dans ces cartons encore des photos, un cendrier de Royan, des nœuds papillons, des chaussettes, ses pulls marins, ses maillots de bain, le rouge qu'il n'a pas quitté le dernier été. J'en suis là, cinq ans après la fin du monde à faire et défaire des cartons, des armoires, à déplacer des piles de draps, de serviettes de toilette.

Ces tissus de soie ou de coton qui collèrent à sa peau me brûlent la mémoire. Le maillot de bain rouge, de ce rouge qui rend fou les taureaux, il le collait à ma bouche, le glissait à mon cou, toréador aux fesses nues, il mimait autour de moi quelques passes légères et tombait à genoux en riant : « Les oreilles ou la queue ? »

Stéphane avait avec son corps le rapport le plus sain qui se puisse imaginer, aucun goût pour l'exhibition musculaire, ni de fierté particulière pour ses épaules splendides. Non, sa nudité était celle de l'agneau qui vient de naître ou de l'amant le plus furieux, le plus libéré. La fièvre qu'il portait en lui ces années-là était joyeuse. Celle qui allait lui brûler le sang, je l'ai sentie venir à ses lèvres, elle a dévasté nos baisers jusqu'au dernier.

Morterolles, 19 août

Goudron : une dernière couche !

Sur les conseils du maire, l'ingénieur des Ponts et Chaussées, très affable inspecteur des travaux finis, vient de m'assurer que les éléments auront raison de l'aspect mortuaire du bitume. Quant aux coins salopés, il m'a assuré qu'une fine équipe s'en chargerait d'ici peu.

Morterolles, 20 août

Cette peur blême de soi, de son propre silence, qui fait bavarder entre eux interminablement des milliards d'êtres humains qui n'ont rien à se dire.

Ce ne sont plus des rides, mais des balafres qui me cisaillent le front.

Une jeune fille au courrier, une pauvre petite de quinze ans que ses « copines traitent de vieille » parce qu'elle préfère lire que de suivre les garçons dans les caves de la cité.

Morterolles, 21 août

Qu'avait-il de tellement irrésistible, ce petit lord anglais, pour qu'Oscar Wilde cède à tous ses caprices, lui pardonne les pires insultes et les humiliations dont il fut l'objet pantelant de désir ? Ce désir fou qui nous fait perdre toute dignité. Le *de profundis* que Wilde lui adresse sous forme d'une longue lettre écrite durant les derniers mois de son incarcération en prison où le « cher Bosie » l'avait fait jeter est à cet égard hallucinant. On a beau savoir ce qu'il nous en coûte de désirer qui ne nous veut pas, on reste saisi par l'aveuglement d'un homme qu'aucune rebuffade ne décourage. Par sa naïveté ? Ce serait trop peu dire. La naïveté est un défaut de bergère amoureuse. Non, quand on prend des coups et que l'on en redemande, cela s'appelle du masochisme. Entre adultes consentants, c'est une pratique assez plaisante, semble-t-il, et qui nous vaut régulièrement quelques belles pages de littérature. Wilde en a seulement rêvé. A-t-il, ne fût-ce qu'une fois, obtenu les faveurs de son jeune « ami » autrement que sous forme d'injures verbales qui sont peut-être, après tout, le comble du masochisme ? On en doute. Du fond de la prison où il croupit, Wilde trouve encore la force d'évoquer « leur amitié », le

« cher Bosie » était son « ami ». Jamais le mot amant n'est écrit, ni le sexe évoqué. S'il s'est contenté de si peu, s'il a souffert mille morts sans connaître l'extase, alors oui ce masochisme sec nous est étranger. Nous n'avons pas l'intention du tout de nous traîner aux pieds d'un gigolo, fût-il lord, s'il se refuse à nous donner ce qu'il nous a promis, nous lui coupons les vivres. Wilde, au contraire de nous, règle les factures des fêtes du « cher Bosie ». À lui les palaces, pour nous la paille des cachots. Une idée du bonheur qui ne nous viendrait pas.

C'est toujours le même pitoyable mensonge qui conduit au déshonneur ceux qui le profèrent et ceux qui y croient.

Cette litanie des reproches que Wilde récapitule minutieusement en un *de profundis*, cet exercice pathétique d'autoflagellation, ce *mea culpa* grandiose et désastreux, c'est encore une lettre d'amour perdue à quelqu'un qui n'en veut pas.

Morterolles, 22 août

Des couloirs d'hôpitaux, des kilomètres de couloirs, des halls d'urgences impraticables comme autant de bouchons aux gares de péage des autoroutes de leurs vacances sacrées. Nous aurons passé l'été sur des brancards, des fauteuils roulants, des civières de pompiers. La télévision, qui est bonne fille, ne peut donner à voir que ce qu'elle a vu : des civières encore à Bagdad et à Monrovia, à Jérusalem, des couloirs d'hôpitaux. Saint-Antoine, Saint-Antoine, Saint-Antoine. Des mains, des mains desséchées agrippées aux barreaux d'un lit, des figures de cire. Nous avons fermé les yeux souvent, la sirène des ambulances nous réveillait. L'épouvante. Nous aurons passé l'été au vent du Sud qui est l'haleine tiède des mourants.

Morterolles, 23 août

Le pari de l'exhaustivité est intenable. Camus et Nabe, qui l'ont pris, en connaissent les limites, Renaud nous donne à voir plus de musées, de jardins qu'il ne nous entretient de ses défaillances gastriques ou rénales. Ils peuvent bien l'un et l'autre récapituler leurs « branlages », l'exhaustivité en ce domaine aussi est sujette à caution. Je ne comprends même pas qu'on puisse l'envisager sans se résoudre à publier ses bilans sanguins, ses feuilles de température et la marque du papier hygiénique...

Qu'ils l'admettent ou non, les diaristes se contrôlent, il y a des choses qu'on ne peut écrire sous peine d'être pendus, ou plus simplement de se trouver ridicules à l'étalage de nos désordres intimes, le nez baissé dans nos marécages. Le temps de dire et le temps de faire s'annulent. Les narcisses enchantés que nous sommes de nos prouesses sexuelles, doivent en rabattre pour ne pas indisposer qui nous préfère vaincus. Nous ne trichons pas, nous éludons.

« Vous avez un art pernicieux d'éluder, me dit Pierre S. Ni Renaud Camus, ni Nabe, ni Matzneff, ni Gide ne se vantent autant qu'il y paraît. » Je suis convaincu, au contraire, qu'ils ont fait pire encore ou mieux que ce qu'ils avouent qui nous épate ou nous fait saliver selon notre humeur, en l'état exact de notre libido.

Pour ne pas avoir à supporter des commentaires

pesants sur mon donjuanisme révélé, j'élude donc la soirée d'hier qui avait pourtant si bien commencé par la parole en or d'un garçon de vingt-cinq ans : « Sur la photo où l'on est tous les deux, c'est vous qui avez l'air d'un jeune homme. »

Il ne nous reste plus, à partir de là, qu'à insulter les miroirs qui nous mentent ou à nous foutre à l'eau.

Morterolles, 24 août

Jacques ne s'est pas levé assez tôt pour aller à la messe. La femme du Duc qui l'attendait sera déçue.

Les chiennes de garde vont-elles se porter partie civile au procès de Vilnius ? On ne les a pas beaucoup entendues aboyer cet été. C'est à la mort qu'elles auraient dû hurler.

Je n'écoute pas aux portes. Je ne veux pas savoir ce qu'ils disent de moi. De toute façon, ils se trompent.

Ce sont les esprits tordus qui me prêtent des intentions que je n'ai pas. Je fais ce que je dis et je dis ce que je fais. Ni mes actes ni mes mots ne prêtent à confusion, je ne suis pas irréprochable, je suis au dessus de tout soupçon. Les ombres à mon portrait, seul Stéphane a su les dessiner, les placer où il fallait. Au bout de ses doigts, je me ressemblais.

Morterolles, 25 août

Les médias jaspinent à qui mieux mieux. Profitant de la canicule, la langue débraillée traîne partout, par terre. On a un peu honte de ces journalistes et autres camelots de la publicité, politicards verts et roses guignols de la modernité... Je dis qu'ils jaspinent, mais « jospinent » serait plus exact (on peut inventer ce verbe affreux, au point où ils en sont). Ils jospinent donc, en toute impunité, en vertu des recommandations, des ordres de l'administration de l'ancien Premier ministre qui, pour avoir efféminé la langue française, méritait bien d'être battu par les femmes. C'est l'œuvre impérissable d'une madame Péry (il me semble), un opuscule de bureaucrate que suivent à la lettre une armée d'illettrés qui pensent que Rembrandt est une marque de dentifrice et Picasso une voiture.

« La procureure, l'écrivaine, la juge, l'adjudante, la leader (il fallait oser), la pompière (toujours inégalée) et la metteuse en scène (pas mal non plus). » Elles sont toutes là, en attendant « les assassines et autres prédécesseuses... » qui ne tarderont pas. Hormis *Le Figaro* qui sauve l'honneur (pour combien de temps ?), ils ont tous capitulé devant elles. La maire d'Avignon par-ci, la maire d'Aix-en-Provence par-là, « l'amère » de Lille ailleurs. Ça n'accroche pas leurs oreilles cette musique crispante ? Suis-je le seul à préférer celle de Trenet le long des golfes clairs ? Ils disent « la maire », et j'entends « l'amère ». Je l'avais déjà noté au début de l'épidémie, mais ils continuent à jospiner dans tous les coins, sans se gêner pour nous.

« Autant, mon cher, pisser dans un violon », me proposait récemment un académicien de mes amis que la langue verte enchante autant que moi. On tombe sur des inventions savoureuses dans l'argot des faubourgs, le pataquès du 9-3, qui ne vaut pas cher, n'est pas sans charme, sans couleurs. Le langage de la rue est parfois désolant, jamais scandaleux. « Ma meuf » plutôt que « ma gonzesse », l'affaire fera sourire. La jeunesse marque son territoire comme elle peut.

Que la langue française rappe et dérape un peu dans les quartiers n'est rien, qu'elle jospine dans la bouche des animateurs de télévision et des maîtres d'école, nous refusons de l'avaler. Maître d'école ! A-t-on idée d'employer des mots pareils !

Morterolles, 26 août

Une jeune admiratrice, que je retrouve partout au premier rang des salles de spectacle où je chante, m'envoie ce matin le numéro 0039 d'une plaquette éditée à cinquante exemplaires par le *Bulletin du bibliophile* de l'année 1978. Autant dire une pièce rare : *Rêves de Marcel Jouhandeau.* Je ne lirai pas ces textes, naturellement, car rien au monde ne m'intéresse moins que les rêves des autres, fussent-ils de Jouhandeau. J'ai déjà trop à faire avec les miens, qui sont d'ailleurs des cauchemars.

Une dame corse, très fine lectrice de mes œuvres complètes, m'adresse régulièrement des billets d'humeur et d'humour où se mêlent questions et recommandations bien senties. Pas du genre à se laisser intimider la dame, très Marie-France Garaud, en somme, avec un zeste d'Edmonde Charles-Roux. Un rien de N° 5 de Chanel derrière l'oreille :

« Pendant l'Occupation, j'ai mangé des dattes et bu du thé. D'où venaient-ils ? Je dois être comme vous, abrutie par la chaleur. La nuit, j'ai abandonné mon lit, et je m'allonge sur le carrelage pour trouver un peu de fraîcheur. Lorsque je vois les voitures de touristes passer sous mes fenêtres quand le soleil est à la verticale, je me demande s'ils sont sains d'esprit. J'attends avec impatience la tranquillité d'automne, les routes désertes, le silence et les longues mèches de brouillard au-dessus des châtaigniers dorés.

« Avant-hier, j'ai reçu la visite de Jean-Marie Colombani, le directeur du *Monde*, qui habite à deux pas de chez moi. Il est très courtois et très énigmatique. D'une façon générale, il vit plutôt en retrait et ses visites me touchent. Lui aussi avait chaud. »

Si le directeur du *Monde* a eu chaud, nous qui ne sommes ni corses, ni très énigmatiques, n'avons pas à nous plaindre. Quant aux touristes qui passent sous les fenêtres de madame G., il m'étonnerait, en effet, qu'ils soient sains d'esprits.

L'équité voudrait que je publie ou que je relève ici au moins trois ou quatre lettres par jour qui mériteraient un commentaire, un sourire, une larme. Ce n'est pas possible. J'ai failli commencer ce matin avec les mots d'une très jeune fille, de celles qui, je le suppose, émeuvent tant Gabriel Matzneff. Je le suppose car elle n'a pas joint de photo à sa lettre. Je remarque d'ailleurs que peu de mes correspondants le font. La partie n'est pas égale puisqu'ils savent, eux, à quoi s'en tenir. Pudeur, complexes ? Après tout, ils ne se présentent pas à une audition pour les Folies-Bergère. N'empêche, je suis frustré de ne pouvoir mettre un visage sur tant d'amour, d'humour, de colère (rarement), ou de mélancolie, toujours.

Morterolles, 27 août

Il m'a dit : « Je viendrai vous voir un dimanche, je ne sais jamais quoi faire ce jour-là, déjà quand j'étais petit on s'ennuyait le dimanche à la maison... et vous ? » Je ne connais personne décidément que le septième jour de la semaine réjouisse vraiment. Le chagrin des dimanches est pour tout le monde. Trenet a fait une chanson de celui des enfants. C'est l'ennui évidemment qui domine nos souvenirs de ce jour-là. Mathieu un dimanche, donc ! Que la promesse soit tenue ou non, voilà qui ferait un joli titre pour ce journal si je trouve le courage d'en assumer l'ambiguïté, si je ne recule pas au dernier moment, saoulé d'avance à l'idée de devoir expliquer mon choix à des bonnes dames scandalisées, à des jeunes gens déçus, aux journalistes intrigués.

Depuis quarante-huit heures, pourtant, et la nuit dernière encore, je me répète cela qui est énorme : Mathieu un dimanche... Mathieu un dimanche. Et pourquoi pas ? me dis-je pour m'interdire aussitôt le droit de sanctifier sur ces pages le prénom d'un autre que celui qui les inspire. Aurai-je cette audace et la force d'âme de me l'entendre reprocher ? Je n'en suis pas certain. J'en étais là de mes mauvaises pensées, pauvre balance soumise aux caprices des vents, quand Philippe m'a téléphoné de Barbezieux où il séjourne chez ses parents, plus guilleret qu'hier. Comme je pouvais le craindre, il l'adore, lui, cette promesse torride de Mathieu un dimanche. Il considère que la gloire de Stéphane étant inatteignable, aucun Mathieu ne peut y attenter. Ils sont trois ou quatre parmi mes proches dont l'avis compte pour moi, mais je doute, les connaissant, qu'ils partagent l'enthousiasme de Philippe pour ce Mathieu qui débarque au milieu d'un film qui n'est pas le sien.

Il m'étonnerait que Pierre S. juge opportun de me laisser scandaliser les bonnes dames qui vont à Saint-Pardoux et lentement place de l'église voir si j'y suis.

Morterolles, 28 août

Les « écrivaines » et les « auteures » ont du souci à se faire, Angelo Rinaldi dirige désormais *Le Figaro Littéraire.* Quant à nous, qui ne savions pas, hier encore, si l'on devait dire dans l'île ou sur l'île, nous n'en mènerons pas large non plus à l'heure de remettre nos copies au cher maître. Aurais-je dû, pour autant, supprimer de ce journal les passages le concernant où je relève la désinvolture des gens du *Nouvel Observateur*, ou sa lettre de reproches amusés ? Non, ce qui était vrai au printemps dernier ne l'est pas moins aujourd'hui que Rinaldi prend ses nouvelles fonctions à la une du *Figaro Littéraire* où son prédécesseur n'avait pas démérité. Si l'on ne peut pas dire un mot des « puissants » sans que l'on nous accuse d'impertinence ou de flagornerie, fermons boutique et jetons nos cahiers au feu.

Qui me lit sait bien que la vie parisienne m'enivre moins qu'elle ne m'amuse, je n'ai pas renoncé pour autant à y mettre mon grain de sel. Pas de panique néanmoins, Angelo Rinaldi pêche au gros et nous ne sommes que des petits poissons.

Morterolles, 29 août

Faut-il supprimer un jour férié ?

C'est la grande question qui agite la presse et la radio à la suite d'une excellente idée émise par le Premier ministre. Oui, bien sûr qu'il faut supprimer un jour férié, on pourrait même en supprimer une dizaine. Des samedis, dimanches et fêtes, nous en avons à revendre. Le joli mois de mai fera très bien l'affaire, il est plein de trous. À la France paresseuse des RTT et de la chaise longue dès le jeudi midi, il faut opposer la France du travail et honorer celle-là qui ne regarde pas sa montre toutes les cinq minutes.

Dix-sept heures. Suite logique à ce qui précède : un homme décide d'ouvrir un chantier de maçonnerie dans sa propriété. Il s'agirait de monter des murets en pierres sèches pour délimiter joliment les terres et les collines comme on savait le faire autrefois. On ne sait plus très bien, mais surtout il faut à la manœuvre des mains d'artisan, et ça c'est « une autre paire de manches ». Les anciens sont fatigués et les jeunes ont les mains trop blanches pour casser des cailloux. Ils veulent aller à la noce. Artisan, artisan ? Ça fait quoi, les artisans ? Ça travaille. « Ça va pas la tête. »

Le monsieur se demande, en effet, s'il n'est pas un peu dérangé de proposer du travail à tour de bras à des manchots.

Il m'a dit : « Prenez le premier chemin à droite, nous serons tranquilles. » Je ne demandais pas mieux, me montrer docile quand un jeune homme sait ce qu'il veut. C'était la nuit dernière, près d'une grange abandonnée au milieu des bois. Si j'ajoute au ciel noir des éclairs de feux d'artifice déchirants et le grondement sourd du tonnerre, on croira à un roman de gare ficelé pour plaire aux bonnes dames de Guéret. La suite, en revanche, pourrait bien les défriser. Nous en resterons donc là.

Morterolles, 30 août

Pierre S., à qui je viens de dire mon effarement à la lecture du livre de Wilde qu'il m'avait recommandé, me répond que, décidément, je ne comprends rien à rien. Enfin il ne me dit pas cela de cette façon, mais il me répète que c'est ma version de l'amour qui est effarante, pas celle de Wilde, cette douleur sublime sans laquelle l'on est rien.

– L'amour commence quand l'autre ne vous aime pas. Vous entendez, l'amour c'est l'horreur... toujours l'horreur. Quand, par hasard, ça marche, c'est déjà foutu, on ne sait pas comment ça s'appelle et puis l'ennui s'installe, Wilde a eu beaucoup de chance de vivre ça...

Eh bien non, mon cher Pierre, l'amour ce n'est pas une douleur sublime, une douleur parfois, sublime jamais. L'amour ce n'est pas du tout quelqu'un ou quelqu'une qui se paie votre tête avec votre carnet de chèques, qui vous piétine, vous bafoue, vous déshonore et couche dans votre lit avec un autre. Non, non, non, l'amour n'a de sens, de réalité, que partagé. Le désir est possible, mais il n'est pas l'amour, on est fatigué d'avoir à répéter cela à des hommes ou des femmes que la puberté ne travaille plus depuis longtemps. « L'amour c'est beaucoup plus que l'amour », disait Chardonne. Ce n'est certainement pas une séance de masturbation devant le *David* de Michel-Ange ou le Tadzio de *Mort à Venise.*

Gide, qui change de trottoir pour ne pas saluer Wilde, « son ami » déchu, Picasso torturant ses femmes, Breton crachant sur la tombe de Crevel, Aragon qui ment, qui ment tout le temps... la petitesse des grands hommes nous console un peu de n'avoir pas de génie.

C'est un cauchemar, ces gens autour de nous, partout, qui nous collent. Certains mêmes nous embrassent, nous jurent leur affection indéfectible et le reste. Ils sont de nos voisins, de notre famille, de nos amants, ils travaillent avec nous. On peut compter sur eux. On peut compter sur eux, c'est sûr. Pendant la guerre, ils auraient dénoncé les Juifs à la Gestapo. Un jour cette affreuse certitude nous étreint. Un mot de trop au détour d'une phrase, un lapsus que l'alcool n'excuse pas, un regard en dessous, ils attendent que vous tourniez le dos, que vous trébuchiez, que l'histoire couvre leur abjection.

Oui, les Juifs, mais les nègres, les communistes, les pédés et vous avec, bien sûr, qui êtes un peu tout cela et circoncis en plus.

Morterolles, 31 août

Une jeune étudiante, à qui l'on demandait de définir la personnalité de sa meilleure amie candidate de l'émission « Star Academy », a répondu ceci : « Elle est formidable, très dynamique, c'est une leadeuse. »

Sans marquer la moindre hésitation, avec un sourire charmant elle a dit : « C'est une leadeuse. »

À l'heure où dorment les abonnés de la *NRF*, les « leadeuses » prennent le pouvoir. Elles n'auront pas pitié de nous. Cachons-nous, vieux cons aux oreilles sensibles, arrêtons d'écrire des livres. Une jeunesse qui se gave de McDo en lisant *Harry Potter* n'a rien à faire de nos élucubrations.

Vive les leadeuses, vive la République, vive la France...

Et l'Éducation nationale où les maîtres d'école (nos hussards) devenus « enseignants » ont « beaucoup à apprendre de leurs élèves », selon les dires mêmes de l'un d'eux, porte-parole d'on ne sait quel syndicat « majoritaire ». Ces « enseignants qui ont beaucoup à apprendre de leurs élèves », nous ne les plaindrons pas quand les « leadeuses » leur cracheront dans la barbe.

Le Premier ministre me remettra lui-même la rosette de la Légion d'honneur que, sur sa proposition, la Grande Chancellerie m'a décernée le 14 juillet dernier, le *Journal officiel* faisant foi. La responsable du protocole et des décorations, qui vient de m'en informer, voudrait savoir si je serais libre pour me rendre à la cérémonie prévue à l'hôtel Matignon le... 16 octobre prochain. Pas le 17, pas le 18, le 16, première date libre au calendrier du Premier ministre.

– Le 16 octobre ? ai-je répété, interloqué par la coïncidence.

– Oui, enfin si cela vous convient...

– Oui, mais c'est-à-dire que... ce jour-là, voyez-vous, est le seul de l'année où vraiment une fête autour de moi n'est pas possible, c'est celui de mon anniversaire... et puis...

La dame a dû trouver étrange qu'on ne puisse pas faire la fête le jour de son anniversaire, mais elle m'a proposé très obligeamment deux autres dates : le 6 novembre ou le 11 décembre à dix-huit heures. Parfait. Le 11 décembre, à l'heure exacte, je me présenterai rue de Varenne.

Ma mère voudra-t-elle m'accompagner ?

Morterolles, 1er septembre

Régler les lamentables rivalités de personnes parmi mes collaborateurs, redonner confiance aux plus faibles, sermonner les découragés, compatir au drame humain de mes intermittents qui touchaient environ vingt-cinq mille francs net par mois et n'en auront plus que vingt mille, dix semaines de vacances payées et une prime de précarité, oui, de précarité, équivalente à plus d'un mois de salaire, les remercier de leur compréhension et leur promettre des jours meilleurs, écouter des centaines de chansons pour en trouver trois ou quatre à présenter aux téléspectateurs, décliner poliment toutes les invitations à me produire gracieusement à la télévision entre deux donzelles en soutien-gorge et un guignol de banlieue, différer les séances de photos promises au photographe de Bardot dans l'euphorie d'une soirée parisienne (j'ai moins que jamais envie de poser, de faire le beau, l'été pourri m'a ravagé), répondre aux banquiers, aux avocats, aux journalistes, me faire couper les cheveux, essayer de nouveaux costumes, m'interrompre ici pour emmener ma voiture au garage BMW de Limoges où Bertrand procédera à la révision qui s'impose... et reprendre là ce journal que le téléphone n'a pas dérangé ces dernières semaines, mais qui va souffrir dans les jours qui viennent...

La rentrée ! Ce mot qui va avec notre enfance, l'odeur des cartables et des préaux. Nos copains. Nous ne l'aimons plus dans la bouche des chefs syndicalistes, des moustachus du Larzac, qui nous la promettent, comment disent-ils ? « brûlante ». La rentrée qui annonçait l'automne sur les tilleuls du lycée, je l'aimais pour cela. Que me réserve-t-elle de brûlant ? J'ai le ventre noué par l'angoisse à l'idée qu'il me faudra bientôt reprendre la tête de mes troupes et affronter le bruit du monde. S'il en allait autrement, si personne ne m'attendait nulle part, serais-je plus heureux ?

Je vais ranger mes sabots et présenter mon meilleur profil aux foules et à quelques amis. « Vous avez une bonne voix, l'air conquérant... », me disait à l'instant une très charmante journaliste qui s'enquérait par téléphone de ma santé et de mes projets pour la rentrée.

Conquérant ? Je cache bien mon jeu.

Morterolles, 2 septembre

De l'écœurement.

Entendre hier à la télévision un pédiatre et une mère de famille nombreuse s'interroger gravement sur la question de savoir si les petites filles de dix-douze ans peuvent, comme elles le font parfois, se maquiller et porter des « strings » (c'est-à-dire une ficelle entre les fesses) dans la cour de l'école et de conclure que finalement si la mode le veut, après tout pourquoi pas ?

Classée X, la rentrée sera brûlante, on vous le disait. Des petites filles en string, des plus grandes voilées, des garçons en tutu et les gens de Médrano au chômage.

Morterolles, 5 septembre

Brigitte B. m'a écrit chez Serge T. boulevard Bonne-Nouvelle à Paris, car me dit-elle à l'instant au téléphone : « Je n'avais pas l'adresse exacte de Morterolles. » Elle sait bien que nous ne sommes pas mariés Serge et moi, mais elle pensait justement qu'il serait son messager... « Vous ne m'en voulez pas ? » Cette voix, ce phrasé unique au monde au creux de mon oreille. Une chanson douce pour moi tout seul. Il n'y a pas d'adresse à Morterolles, les gens de la poste font suivre, ils savent où me trouver. La lettre de Brigitte B., Serge T. la garde pour lui comme une relique.

« La Madrague, 23 août 2003 (tard le soir)

« Pascal aimé,
« Très cher Serge,

« Je crève de chaud. Ce soir il est minuit et il fait encore trente degrés. C'est insupportable ! Un de mes amis très chers vient de mourir dans le vieil hôpital de Saint-Tropez au milieu des flonflons et des feux d'artifice. Il est déjà dur de vivre à Saint-Tropez au mois d'août, mais il est absolument épouvantable d'y mourir. N'ayant aucune famille, j'ai assumé ce qu'il me semblait impératif de faire au nom d'une amitié de quarante-cinq ans ! J'en sors meurtrie, triste, désemparée. Pourtant "François" fut une locomotive de la joie tropézienne des années soixante. Oublié, seul, comme un chien, j'en suis malade. Que la vie est cruelle ! Que les hommes sont ingrats.

« Enfin, parlons de choses moins tristes, parlons de vous. Cette amitié que vous m'avez donnée est si importante pour moi. Je vous aime profondément et, du fond de ma tristesse, je vous donne à tous les deux le meilleur de moi-même.

« Embrassez les petits ânes pour moi. Je vous serre sur mon cœur.

Brigitte. »

Les mots d'une femme, une femme pareille aux autres, que la fuite du temps épouvante, si discrètement fidèle aux amis de ses vingt ans, une femme qui « meurt » à Saint-Tropez où les imbéciles croient qu'il fait bon vivre.

Paris, 6 septembre

Les sirènes des ambulances et des pompiers, de la police. Le quai des Orfèvres n'est pas si loin. La musique de la ville en marche. Les cloches de Notre-Dame sonnent les vêpres, les péniches et les bateaux-mouches se croisent inlassablement, sur les berges un pêcheur, un couple d'amoureux cavale. Il pleut enfin !

Paris. Paris à mes fenêtres de nouveau. Immuable.

S'il est un endroit dans la capitale qu'ils n'oseront pas massacrer avant longtemps, c'est peut-être celui-là. Encore qu'il ne faille pas mésestimer la dinguerie de nos édiles. J'ai beau chercher, je ne vois pas ce qu'ils pourraient inventer. Détourner la Seine pour en faire profiter les Parisiens du XXe arrondissement ? Construire des logements sociaux square Jean-XXIII ? Ouvrir une crèche dans les jardins de l'Évêché ? Ils n'oseront pas, ce n'est pas l'envie qui leur manque, mais là ils n'oseront pas. On doit d'ailleurs à l'équipe en place à l'Hôtel de Ville d'être débarrassés de la noria des autocars qui polluait depuis 1950 l'île de la Cité, il faut lui en donner acte avant de lui faire un procès d'intention.

Le cher Paucard ne partage pas mon optimisme : « L'équipe de ton ami Bertrand D. nous prépare en douce des coups fourrés, tu verras... »

Il est très ronchon ces temps-ci, notre président. Pour cela aussi dîner avec lui est un régal.

Paris, 8 septembre

Bal à Vilnius ! De la musique et des chansons. Ils ont dansé et bu du vin, ils étaient deux cents à se frotter les uns contre les autres dans un grand café de la ville où la jeunesse a ses habitudes. « L'ambiance était gaie et triste, c'était comme on voulait ! »

La journaliste lituanienne qui vient de raconter ça sur France Inter a dit : « C'était comme on voulait ! »

Deux versions possibles en somme, romantique ou moderne, triste ou gaie. On voit d'ici quel beau film ça fera. La séquence du bal sera un chef-d'œuvre. Nous qui ne sommes ni romantique ni moderne, nous ne voulons pas voir ça, ni même l'imaginer. Bal, ce mot joli, ce mot d'amoureux ne va pas du tout, je l'emploie pour faire honte à ceux-là qui dansent quand il faudrait se recueillir, au moins se taire. Une fête alors ? Décidément, on ne peut nommer l'innommable.

Lio, la chanteuse, une jeune femme brune si appétissante qu'on en mangerait. Elle ne chante plus, mais parle beaucoup à la télévision, elle adore ça parler, on l'invite à donner son avis sur tout, les frites et la ménopause, les couches-culottes et les bas résille, son discours est « super sympa » bien sûr, si politiquement correct que ça nous tape un peu sur les nerfs.

Hier au soir sur TF1, en gros plan, plus belle que jamais, grave, sans affectation, elle a dit les mots qu'il fallait dire à la mémoire de Marie T. Elle a dit qu'on ne va pas au bal sur une tombe, que l'amour ce n'est pas de la boxe, qu'un homme qui frappe une femme est un lâche. Elle n'a pas dit un salaud, mais le mot lui brûlait les lèvres, elle sait de quoi elle parle. Elle a dit qu'il n'est pas question d'excuser l'inexcusable.

Enfin quelqu'un avait parlé pour moi, quelqu'une en l'occurrence. Il fallait qu'une femme sauve l'honneur. Elle m'a laissé au bord des larmes, bouleversé. J'aurais voulu l'embrasser pour de vrai, déposer sur sa bouche un baiser d'amant.

Paris, 11 septembre

Avez-vous trouvé le titre de votre prochain journal ? C'est une question que posent les gens qui aiment lire. Laurent T, mon danseur de paso doble, provisoirement privé de dancing pour raisons de mélancolie persistante, préfère pour cela sans doute « La mélancolie des fanfares », se plaçant ainsi dans le camp des minoritaires avec Morlino, Christian Authier et Philippe Besson. J'ai rarement été aussi indécis à deux mois de la remise du manuscrit. « Mathieu un dimanche » n'aura pas résisté longtemps à la stupeur de quelques-uns mis dans la confidence de mes hésitations. « On s'ennuyait le dimanche » devient donc imparable au fil des jours, d'autant que dans ce miroir-là chacun se reconnaît. Si Laurent ne m'avait pas interrogé ce matin, je ne serais pas revenu sur l'affaire du titre, d'autant que le suspense sera levé quand un lecteur patient tombera sur cette page en date du 11 septembre qui marque, on ne risque pas de l'oublier, l'anniversaire d'une tragédie dont on nous rebat les oreilles jusqu'à la nausée. Que le monde aille mal, qui ne le voit ? Il est ce que les hommes en font. Leur complaisance au nom de la liberté de pensée à l'égard des fanatismes religieux, que dis-je, leur soumission à tous les fanatismes religieux nous la payons au prix du sang. Ces tours qui s'effondrent, ces autobus qui explosent, ces avions en feu... Ni Léautaud ni Jouhandeau ne les auraient évoqués dans leur journal. Et ils auraient eu raison, tout cela est finalement sans importance tant que nous ne sommes pas dans la tour et, si nous y sommes, ça en a encore moins. La mort et la souffrance du monde m'affligent naturellement, mais qu'y puis-je ? Assez de ces commémorations et de la littérature de gare qui va avec, assez de serments, de « plus jamais ça », ce sera bien pire nous le savons. Alors oui, assez ! Mes préoccupations aujourd'hui sont d'une tout autre importance, Laurent est venu me couper les cheveux (avant le paso doble il était coupeur de cheveux), et je dois me rendre ensuite avenue Hoche pour passer un scanner censé révéler les causes des névralgies faciales qui me tiennent depuis trois mois. Quand on sait ce que le mot scanner me rappelle d'angoisses, de peurs paniques pour lui qui les subissait, on comprend mieux que je me balance absolument du 11 septembre 2001, comme d'ailleurs de tous les 11 septembre à venir. Le monde entier n'a que faire de moi, ce n'est pas scandaleux, ainsi nous sommes quittes.

Pierre S. appelle cela : mes idées simples.

Paris, 13 septembre

Qui me quitte pour une heure ou pour toujours doit le faire vite sans espérer de moi un mot, un geste. On ne me verra jamais sur un quai de gare un grand mouchoir à la main. Les ruptures que l'on m'impose, celles que je provoque aussi, rarement, me sont si pénibles que je préfère ne pas éterniser la cérémonie des adieux. À peine m'a-t-on tourné le dos pour de bonnes ou de mauvaises raisons (tous ceux qui nous quittent ne sont pas des traîtres), que déjà ils ne comptent plus. On ne rompt pas avec moi impunément sous n'importe quel prétexte. Je ne serai jamais l'objet des caprices de qui ne m'aime plus. Ma capacité à les oublier est bien plus grande qu'ils ne peuvent l'imaginer. Ils se disaient « irremplaçables », je les ai tous remplacés. Tous ! Sauf lui.

J'occupe tout mon temps à me passer de lui. Alors, s'ils veulent rompre, qu'ils rompent, grand bien leur fasse, c'est même de gaieté de cœur que j'en vois certains s'éloigner, ils peuvent me dispenser de leurs jérémiades et autres regrets éternels. Trop tard. Au fond, c'est parce que les ruptures me sont quand même insupportables que je m'étonne de les supporter si bien.

« Les maux éternels, l'aigreur de l'envie, la démence de la jalousie, l'ennui, la maladie, la mort des autres, le prochain insupportable, l'aveuglement du cœur, l'impossibilité de goûter vraiment ce que l'on possède, l'amertume d'être un homme, rien ne pourra nous en guérir, on retrouvera tout cela quand on aura retourné dix fois la société et au bout de toutes les révolutions. »

Si d'aventure, au-delà d'un âge raisonnable, j'avais poursuivi un idéal politique, la lecture de Chardonne m'en aurait dissuadé. Il a toujours si clairement raison qu'on s'en veut d'avoir été si bête à vingt ans. Sans François Mitterrand, qui nous recommande sa fréquentation, nous en serions encore à défiler sous des banderoles : « Changez la vie », mot d'ordre d'une niaiserie sans bornes proposé aux foules ébahies par lui-même qui n'en eut jamais la moindre intention, sans quoi nous n'aurions pas voté pour lui.

Que n'a-t-il rendu obligatoire l'étude de Chardonne en classe de français et de philosophie ?

Paris, 15 septembre

Un dancing au bois de Vincennes, un manège de chevaux de bois, des barques sur le lac, des amoureux, des familles, des poussettes poussées par des jeunes papas qui s'ennuient. Bien sûr qu'ils aiment le bébé dans la poussette, et celui encore dans le ventre de madame attendu pour Noël, mais ils s'ennuient.

Entre vingt-cinq et trente ans les jeunes papas s'ennuient le dimanche au bois de Vincennes. Ils n'avaient pas pensé à ça : ce vide le dimanche après-midi, la promenade pour tuer le temps, parce qu'il faut bien faire quelque chose. Alors, ils mangent des glaces à la fraise qui n'ont plus le même goût que celles de leur enfance. À quoi pensent-ils ? Je les regardais passer hier, près des jardins du dancing où j'attendais l'heure de chanter entre une série de valses et de tangos. La saison des flonflons recommence, je ne m'ennuyais pas, mais je suis triste, irrémédiablement. Et l'été qui s'éternise.

Léautaud écrit : « On a quelquefois des surprises dans la suite... », et six lignes plus loin : « Elle ne se démentit en rien dans la suite. »

Il évoque la femme de son père. Il se répète, mais c'est son genre, à Léautaud, de se répéter, et il n'aurait pas toléré qu'on le lui reproche. Ce n'est pas la répétition qui me gêne, mais la tournure : « dans la suite ». S'il m'est arrivé de coucher dans la suite princière d'un hôtel, je n'ai jamais lu ni entendu dire : nous verrons dans la suite... Je crains d'avoir laissé traîner dans mes livres bon nombre de « par la suite », non pas par inadvertance, mais par ignorance.

Philippe et Pierre S., mes « proustiens » incollables, auront bien une idée sur la question, le premier des deux qui m'appellera devra trancher entre Léautaud et moi.

Lulu est un héros de roman qui ne court pas les rues de l'île Saint-Louis après sept heures du soir. Je ne l'ai pas vu depuis trois mois. « Il a de la chance, j'aurais tant aimé être lui, près de vous comme un fils... » Ce jeune lecteur qui regrette de n'être pas Lulu doit savoir que Lulu vient quand ça lui chante. Pour l'heure, on dirait qu'il boude, vexé d'avoir à revoir, sur les conseils qu'il m'a demandés, sa façon de chanter, de s'habiller, de choisir ses chansons. Après deux ans de bricolages, d'espoirs toujours déçus, il n'a trouvé ni sa voix ni son style. Tiraillé entre la mode et la tradition, il se disperse et s'essouffle. Lulu est un « vieux » de vingt-six ans qui doit faire vite maintenant pour trouver sa place. Il ne me boude pas, il est malheureux et, comme les enfants dans ces cas-là, il se cache dans les jupes de sa mère.

Paris, 16 septembre

– C'est vous sur la photo qui avez l'air d'un jeune homme, m'avait-il dit. Il ne faudrait pas qu'il me voie le matin au saut du lit. Il viendra cet après-midi au studio de La Plaine-Saint-Denis où je tourne les nouvelles émissions du dimanche.

– Je serai en avance car je ne veux pas perdre une minute de vous...

Il a une bonne bouille de Gavroche ce garçon indulgent qui ne veut pas « perdre une minute de moi ».

Sa voix sur mon répondeur téléphonique m'a rendu un sourire oublié. Il n'y a qu'un garçon qui aime les filles pour avouer des choses si tendres à un homme fatigué. J'ai le visage balafré de rides que la maquilleuse et le directeur de la photo auront du mal à effacer. Je sors d'un cauchemar épuisant qui m'a tenu toute la nuit déchiré entre Stéphane et ma mère qui me fuyaient. Mes hurlements. Mon désespoir.

Paris, 17 septembre

Les équipes techniques et artistiques qui travaillent sous mes ordres à la télévision sont censées vivre dans la terreur. Pour avoir contribué à justifier ma caricature, il y a bien longtemps déjà, on continue ici et là à me présenter comme un despote hurlant, menant mon monde au fouet. Je viens de passer avec mon équipe deux jours de complicité, en harmonie avec des hommes qui me respectent. Je mets au défi quiconque d'en trouver un seul pour se plaindre de moi.

Le jeune homme qui ne voulait pas perdre une minute de moi n'est pas venu au studio. Je trouve ce message en rentrant : « Une fièvre imprévisible me prive de vous, j'ai quarante de température, j'attends le médecin et je me demande dans combien de temps je pourrai enfin vous voir. »

L'impatience de quelqu'un pour nous est une grâce inattendue. Il ne faut pas trop y croire.

Paris, 18 septembre

Il y a donc de la fumée sans feu. On s'en doutait. Dominique Baudis innocenté par sa principale accusatrice. Elle lui a présenté ses excuses, on l'aurait « manipulée, menacée » pour qu'elle compromette l'ancien maire de Toulouse. Du beau travail. Dans cette épreuve indicible, l'homme aura montré à ceux qui en doutaient sa force de caractère et sa capacité à gouverner. Qu'il se représente à Toulouse, il sera élu par acclamation et les traîtres à genoux lui rendront les armes.

Une messe a été dite en l'église de la Madeleine, à la mémoire de la comtesse de Paris. Serge T. ne pouvait pas manquer une cérémonie si bien fréquentée.

– Figure-toi que Xavière Tibéri m'a proposé une exposition de mes photos et collages à la mairie du Ve... Tu vois que j'ai eu raison d'y aller...

Serge va partout saluer de ma part sans ma permission des gens que je ne connais pas et transmettre mon bon souvenir à d'autres avec lesquels je suis fâché parfois. Il tombe de la lune quand il se heurte à l'ironie d'un tel, au scepticisme de tel autre à qui il a follement proclamé mon affection.

– J'ai présenté tes hommages à Mme Tibéri, elle veut nous inviter à dîner ensemble, je lui ai dit que tu serais ravi.

Pourquoi, en effet, ne dînerais-je pas avec Mme Tibéri dans quelque estaminet de son arrondissement qui en compte de très plaisants ? Elle fera bonne figure sur la liste prestigieuse de mes pestiférés.

Paris, 19 septembre

Ouvrir un livre de Chardonne à n'importe quelle page.

« Là sera ma tombe... j'ai acheté le terrain, en même temps j'ai fait connaître mes volontés pour ce jour, c'est là que l'on me déposera à l'aube... Ces choses en ordre et toutes celles qui s'y rapportent, j'en fus rassuré. J'avais laissé un peu de vague autour de ces moments, par négligence. À présent je suis en règle avec la mort, il n'y a plus de questions de ce côté, même sur la fin du monde, du moins de celles qui me concernent. »

Chardonne antidépresseur subtilement dosé pour les âmes fières.

Paris, 20 septembre

Ils viennent de planter une double haie de palmiers porte Dorée, devant ce qui fut le musée des Colonies, en lisière du bois de Vincennes où ma grand-mère paternelle me promenait le jeudi. Aussi loin que remontent mes souvenirs je ne me souviens pas d'avoir vu des palmiers sur cette place située exactement au cœur de mon enfance. J'y passe souvent en voiture pour rentrer dans mon île et cette anomalie m'aurait sauté aux yeux. Des palmiers tout neufs, pas provisoires comme ceux de Paris-Plage, non, enracinés vraiment pour durer plus longtemps que nous. Rivages désolants des boulevards périphériques. Mais enfin pourquoi contrarier la nature qui a voulu que cet arbre affreux naisse et se plaise mieux dans quelques contrées caniculaires, du côté par exemple de nos anciennes colonies ? Ils étaient parfait là-bas !

Je suis persuadé que ces toquades exotiques, dont les élus du XIIe arrondissement n'ont pas le monopole, n'indignent que moi, partout au contraire les foules ébahies s'enchantent des palmiers, elles réclament même des singes qui amuseraient tant les enfants sur les places de Dunkerque ou de Sarreguemines.

Je peux donc aller me faire voir ailleurs. Peut-être même y avait-il des palmiers porte Dorée avant ma naissance, il suffirait que je me renseigne. Cela ne changerait rien à mon dégoût des choses qui ne sont pas à leur place naturelle, à mon regret du temps où Bourvil chantait pour s'en réjouir : « Un olivier sur le sol irlandais on ne le verra jamais. »

Morterolles, 23 septembre

Matins d'automne, enfin ! Ses couleurs de cuivre et d'or s'annoncent à la pointe des charmilles, le rouge des roses du parc Jouhandeau que Christiane vient de poser sur mon bureau est de sang, sombre et pourpre, pareil aux rideaux de velours des théâtres italiens ; les derniers dahlias inattendus explosent alors que l'été les avait salement rabougris. Sur les étangs, il pleut. L'arrière-saison, j'en ai rêvé depuis Pâques. Elle fera bientôt se lever des incendies fauves sur les forêts et les cimetières et peut-être serons-nous moins malheureux. Octobre dans sa gloire ne me fait pas peur, les chagrins de ma vie ne sont pas des anniversaires. Je les porte autour du cou depuis le jour de ma naissance. « Un vrai temps de Toussaint », comme ils disent. Toute l'année j'attends cela : le cortège des parapluies que les veuves promènent sur le chemin des chrysanthèmes en larmes.

Morterolles, 24 septembre

La femme du Duc est rentrée dare-dare de La Souterraine pour me porter un magazine consacré à l'astrologie qui offre ma bobine en prime sur sa couverture et dix pages illustrées, assorties de commentaires inoffensifs quant à ma personnalité, mon caractère, mes goûts, mes couleurs et mes passions, mon avenir et, plus fort encore, mon passé...

En résumé : je suis le charme incarné, l'intelligence personnifiée et l'équilibre même. Ce qui est bien le moins pour une balance. J'aurais préféré ma photo sans double menton et qu'ils écrivent que je suis un imbécile patenté. On ne m'a pas demandé mon avis, les gens qui éditent ce genre de journaux pourraient quand même nous faire plus beaux que nous le sommes, ne pas nous vieillir de vingt-cinq minutes. En me faisant naître à dix-sept heures je me retrouve tendance « poissons » alors que je serais plutôt bélier si j'en crois Gertrude, une amie belge, qui m'appelle d'Ostende à l'instant, furieuse qu'une publication sérieuse commette une erreur quant à l'heure historique de ma naissance, faussant ainsi les calculs savants de mon thème astral.

En revanche, elle me trouve splendide sur la photo de la page 8. Comme quoi ! L'indulgence des femmes pour moi...

Morterolles, 25 septembre

Seize heures. Je ne sais pas si le « président Lang » est déjà en campagne comme le laissait entendre *Libération* d'hier, je sais seulement qu'il est à Limoges où je viens de le conduire à un colloque de parlementaires socialistes, après une courte escapade à Morterolles. Jack Lang à la campagne c'est déjà assez extraordinaire pour être noté ici. En campagne ? nous n'y sommes pas. Même si les sondages le placent en tête des hommes de gauche, vaincre les obstacles que ses « petits copains » dresseront devant lui ne sera pas une partie de plaisir. Ira-t-il jusqu'au bout de son désir ? Il m'a paru décidé mais je n'en jurerais pas. Je lui ai dit que si les socialistes ne pouvaient plus compter sur moi, lui naturellement le pouvait. C'est un homme loyal, entreprenant, imaginatif. Si je reste beaucoup moins émerveillé que lui par les « rappeurs », les « taggeurs », les « teuffeurs » et autres gribouilleurs de bandes dessinées, je le crois capable d'entraîner la jeunesse, et pas seulement à la fête mais au travail, oui, au travail enfin.

– Je t'ai fait envoyer mon livre sur l'école, m'a-t-il dit. Tu constateras que je ne suis pas aussi laxiste que tu le prétends...

Comme je le tenais là, de parfaite humeur allongé sur un banc au soleil, j'en ai profité pour lui servir ma tirade préférée quant à l'incurie du gouvernement Jospin, à l'angélisme, pour ne pas dire l'irresponsabilité, de sa clique. Sur ma lancée, je me suis félicité d'entendre Jean-Pierre Raffarin déclarer ne pas vouloir que la France devienne « un parc de loisirs ». Là, il s'est cabré.

– Sur le chômage non, M. Raffarin n'a pas de leçon à nous donner...

– En tout cas, si tu es candidat à la présidentielle, n'oublie pas que ce ne sont pas les jeunes qui votent, ces jeunes vénérés des socialistes, mais les adultes et leurs aînés, et que ceux-là n'aiment pas du tout qu'on leur parle avec désinvolture du « sentiment d'insécurité ». Il faut arrêter de se payer la tête des gens qui n'ont pas la chance d'habiter l'île Saint-Louis.

Il en est convenu. Songeur, il en est convenu.

– Ton ami Sarkozy n'a quand même pas réglé tous les problèmes, ça chauffe encore dans les banlieues, me lança-t-il sur le ton plaisant qu'il adopte pour me taquiner.

Bertrand D., l'autre socialiste qui pourrait compter sur moi s'il le souhaitait, me fait lui aussi régulièrement le coup de « ton ami Sarkozy ». Ce sont eux mes amis, mais en effet, quitte à me répéter, j'ai pour l'actuel ministre de l'Intérieur de la sympathie et du respect. Jamais ce poste clé de la République ne m'a paru mieux occupé. Ah ! si Jospin avait laissé Jean-Pierre Chevènement donner toute sa mesure...

Après qu'il se fut régalé d'une omelette et d'une salade que Christiane lui avait préparées, j'ai guidé le « président Lang », ci-devant député du Pas-de-Calais, sur la promenade Charles-Trenet en passant par la place Emmanuel-Berl et l'allée François-Mitterrand. Notre conversation prit de ce côté-là du parc un tour plus nostalgique, nos déjeuners à Solutré, nos soirées à Blois, rue de Valois avant la guerre...

Il m'a demandé si j'avais un fiancé, il n'a pas employé ce mot-là que j'aime tant, il a dit « quelqu'un ». Quelqu'un pour moi ce n'est personne. Il a voulu savoir comment Stéphane était arrivé dans ma vie, il m'a rappelé l'avoir bien connu, cela m'a fait plaisir qu'il se souvienne de ses yeux verts, de ses cheveux bruns bouclés, de sa voix.

Le ciel était bleu comme sa chemise ouverte, le soleil supportable, mes jardiniers le guettaient, pas le soleil, le ministre. Je les voyais s'impatienter depuis la veille. Jack Lang inspire la sympathie des « petites gens » des villes et des champs. Ils veulent le voir en vrai, lui toucher la main, lui parler de leur fille qui voudrait faire actrice comme métier, du château en ruine, de l'école qui va fermer. Mes jardiniers qui s'étaient curieusement mis sur leur trente et un, peignés à l'eau de Cologne et boutonnés jusqu'au cou, voteront-ils pour lui quand le moment sera venu d'élire un nouveau président ?

Vu de la terrasse de Morterolles aujourd'hui, quatre ans avant l'heure exacte, rien ne paraît impossible. Mais nous savons aussi lui et moi que l'invraisemblable lumière de l'automne triomphant enfin est peut-être menteuse.

Morterolles, 26 septembre

Par principe je prends le parti de celui qu'on accuse. Combien de fois me suis-je opposé à Stéphane, y compris pour défendre contre lui des indéfendables. Je n'aime pas beaucoup que l'on se mêle de me prévenir contre tel ou tel de mes amis, me croyant assez malin pour en juger moi-même. Les insinuations ne me vont pas, c'est trop ou pas assez, ou l'on me donne des preuves de ce que l'on avance, de ce qui se trame contre moi, ou l'on se tait. C'est par miracle que je ne suis pas devenu paranoïaque, ce mauvais penchant des hommes publics que la cour manipule. Ce ne fut pas si simple avec moi. Insensible que je suis à la flagornerie, je me braque contre les petits rapporteurs, je n'ai que mépris pour les ragots et les « ragoteurs ». Je préfère me tromper seul qu'en leur compagnie. Et je me trompe, ça je me trompe ! Un vrai festival de tromperies qui finit par m'amuser tant il se prolonge. Le défilé des misérables qui partent sans dire ni au revoir ni merci est interminable. Me sauve, au fond, la conviction qu'ils ne me méritent pas.

Mon tort aura été de ne pas vouloir ni savoir diviser

pour régner selon l'excellente recommandation de François Mitterrand, mais au contraire de m'employer à réunir et de faire s'aimer entre eux la carpe et le lapin. Pari insensé s'il en est. Passée la déception, je contemple stoïquement la débandade. Je n'ai pas besoin de grand monde pour être heureux, si tant est que je puisse l'être encore un peu sans Stéphane. Ses prévenances n'étaient pas toutes justifiées, mais il avait aimé me voir débarrassé de quelques méchantes femmes qu'il me priait d'envoyer au diable. Elles y sont.

Morterolles, 27 septembre

À ses fenêtres du premier étage, la coiffeuse vient d'accrocher de très élégants rideaux de dentelle impeccablement blancs, comme on n'en voit plus que dans le nord de la France, en Hollande ou en Belgique. Je mets beaucoup d'espoirs dans ces rideaux, ils sont de bon augure. Une femme qui a ce goût ne saurait vivre longtemps entre des murs peinturlurés de jaune, ni derrière des volets déglingués. Le pire n'est donc pas certain de ce côté de la place de l'église.

– Et votre titre, l'avez-vous trouvé ?

S'il ne m'avait pas posé la question la nuit dernière par téléphone, je n'aurais pas osé embarrasser Renaud Camus de mon indécision. Je lui ai donc proposé de choisir entre : « On s'ennuyait le dimanche » et « La mélancolie des fanfares ».

Après un silence, qui me parut interminable, il a, comme je l'aurais parié, préféré « La mélancolie des fanfares », plus surprenant, moins attendu selon lui que l'ennui du dimanche, « plus évocateur, très bien dans votre manière, mais... ».

Que Renaud rejoigne la poignée des minoritaires de mon entourage est logique. C'est le contraire qui eût été étonnant. Ses arguments, les mêmes que ceux de Christian Authier, pourraient finir par me convaincre en faveur des « fanfares » malgré mon souci de ne pas décontenancer les bonnes dames de Guéret qui, comme tout le monde, s'ennuient le dimanche.

Vais-je prendre ce risque ?

– Surtout pas, me dit Renaud, ne suivez pas mon conseil, il vous ferait perdre certainement des milliers de lecteurs...

Marco réclame un franc de dommages et intérêts à Brigitte Bardot qui l'aurait traité de « petit con » sur Radio Courtoisie, en réponse à une question d'auditeur qui espérait plus de virulence.

C'est gentil « petit con », chaque fois qu'il me reçoit à la télévision, je lui sers ce compliment charmant. Et ça l'amuse visiblement puisqu'il a rediffusé ces séquences plutôt dix fois qu'une.

Morterolles, 28 septembre

Si les gens de Morterolles n'avaient pas voté il y a plus de vingt ans le rattachement de leur commune à celle de Bessines, se condamnant ainsi à disparaître, nous n'en serions pas là. C'est bien l'avis du Duc qui ne décolère pas depuis le jour de ce funeste référendum où il a vu son village natal se soumettre sans condition à la loi des autres, « ceux de là-haut ».

– Dites-vous bien, mon cher, qu'autrefois Morterolles était plus en vue, mieux habité que Bessines. Songez qu'il y avait trois boulangers, trois boucheries, un barbier, deux épiceries, un sabotier, un marchand de couleurs, un bureau de tabac, une foire place de l'église tous les 24 du mois... Oui mon cher, il y avait une vie ici, une grande famille, un notaire et le café de la mère Nicolas... ah, le café de la mère Nicolas, avec des chambres au-dessus...

Quand le Duc se souvient des jours heureux de son adolescence, après guerre, à Morterolles, il se redresse, soudain sa mémoire ne défaille plus, on ne peut l'arrêter. Si sa femme, impatientée, tente de l'interrompre ou de le reprendre sur un détail, alors il l'envoie paître, feint de bouder une seconde et s'emporte de plus belle, ragaillardi.

– Bon sang de bon sang, oui ou non est-ce qu'on va me laisser finir mes explications, j'ai quand même des choses à dire.

– Allez-y, monsieur le Duc, je vous écoute. Tout cela me plaît beaucoup.

J'avais entrepris hier de le faire parler. Pour que le tableau soit parfait, je voulais qu'il me dise s'il y avait eu « dans les temps » un boxon à Morterolles ou au moins une maison de plaisir, enfin un endroit un peu affriolant.

– Vous parlez comme les militaires maintenant ! Un boxon, comme vous y allez, mon cher !

– Comme vous, monsieur le Duc, lorsque vous commandiez les armées françaises au Tonkin...

Si je veux le voir sourire vraiment, il me suffit de lui rappeler une gloire que j'enjolive un peu pour qu'il me sourie, justement.

– Un boxon ce n'est pas le mot, mais les chambres

de la mère Nicolas devaient bien servir à quelque chose les jours de marché aux bestiaux, vous voyez ce que je veux dire...

Sa femme, elle aussi, voyait très bien ce qu'il voulait dire et ça n'avait pas l'air de l'enchanter autant que moi. Ces histoires de Morterolles « qui remontent à Mathusalem », elle les écoute en surveillant son dîner et moi qui m'en régale. Ce qui pourrait assombrir la réputation de Morterolles, qui n'en a d'ailleurs aucune, la fait sursauter.

– Tu n'en sais rien, toi, de ce qui se passait dans les chambres de la mère Nicolas, dit-elle au Duc, dépité.

En fait, c'est moi qu'elle visait, car elle me voit venir de loin, la femme du Duc. Elle sait que je vais écrire dans ce journal : le Duc m'a dit qu'il y avait un boxon à Morterolles. C'est fait ! Je n'allais pas résister au plaisir de rapporter ici qu'il fut un temps joyeux où l'on trouvait sur le chemin de l'église au cimetière des chambres d'amour où quelques lingères se donnaient sans façon à des marchands de bestiaux.

Il n'y a plus que le Duc pour se souvenir de ces foires, et moi pour l'écouter.

Morterolles, 29 septembre

J'ai cédé à l'enthousiasme des foules, ce journal s'intitulera donc : « On s'ennuyait le dimanche », le premier titre qui me soit venu à l'esprit. J'étais dans un taxi qui longeait le cimetière Montparnasse, le chauffeur avait de beaux yeux. Les deux cents premières pages sont maintenant sur le bureau d'Octavie, une dame inconnue de moi, payée pour remettre en place les points-virgules fantaisistes, les trémas et autres petits chapeaux oubliés, les majuscules intempestives. Elle peut même nous proposer une tournure de phrase, relever une répétition, une contradiction, c'est son métier de traquer nos défaillances et nos approximations. Elle le fait assez discrètement, sans nous juger, sans s'émouvoir non plus. Elle en a lu d'autres que nous, des pires et des meilleurs. Elle ne pense rien de nous ni de notre littérature, elle travaille.

Depuis cinq ans, dame Octavie me suit mot à mot et je ne sais rien d'elle, de son enfance, de sa famille, de ses amours... A-t-elle seulement des amours ? Et puis quel âge a-t-elle ? Que fait-elle quand elle en a fini avec nous et le tour de notre nombril ? La dame est peut-être une demoiselle confite en dévotion ou une fille mère enceinte des œuvres d'un étudiant en lettres. Octavie ! Ce peut-être également un prénom de chaisière ou de star du porno. Pierre S. prétend que mes livres ne lui déplaisent pas, il la croise parfois chez Albin Michel où elle rapporte mes textes sacrés, annotés de sa main au crayon noir qu'un trait de gomme suffira à effacer. Dame Octavie ne nous en voudra pas, c'est une personne sans colère. Elle n'est pas tellement sévère avec moi. Je le suis pour deux.

Brigitte B me dit qu'elle a dansé le mambo toute seule en regardant mon émission consacrée aux rythmes latinos.

– Cette petite Lorie qui a chanté à la fin, je l'ai trouvée vraiment mignonne, un peu moi, il y a longtemps... alors j'ai dansé, j'ai oublié ma hanche et j'ai dansé comme une folle.

Brigitte B. a fêté son anniversaire en dansant le mambo devant moi, pauvre Dario. Il est décidément éternel ce mambo qui nous hante depuis un demi-siècle et fera se damner mille ans encore tous les hommes de la planète.

Bernard B., qui connut Saint-Tropez et la gloire à la même heure que Brigitte B., a une veuve délicieuse et les amis de celle-ci sont très charmants. L'un d'eux, le bel Alexandre, m'a offert une épreuve de l'artiste représentant une place de l'église en couleurs, soixante centimètres sur quatre-vingts.

Lorsque j'étais enfant, je rêvais d'accrocher un Buffet au mur de ma chambre et de poser mes mains sur les hanches de Brigitte Bardot.

Morterolles, 1er octobre

Stéphane l'appelait le docteur « ça rigole », reprenant le diagnostic enjoué de celui qui s'en va en sifflotant de village en village rassurer un monde qui a mal partout. « Ça ne rigolait » pourtant pas souvent quand il venait à la maison plusieurs fois par semaine aux heures sombres de notre vie, mais là plus encore, il gardait le sourire, une façon légère d'écouter gravement battre le cœur de Stéphane. Un jour, le docteur « ça rigole » n'a plus rigolé du tout.

Il sort d'ici où il ne fait plus que passer. Si je ne me raisonnais pas, c'est chaque matin que je le convoquerais pour l'entendre me dire : « ça rigole ».

Stéphane faisait cela très bien, il avait ce don d'apaiser d'un mot mes tourments. Il avait le don de l'amour en somme. L'ai-je assez dit ?

Seul le docteur E. peut désormais quelque chose pour moi, j'attends qu'il me dise : « ça rigole ». Qu'il arrive vite. À peine a-t-il franchi la porte de ma chambre que, déjà, je vais mieux. Il ne me viendrait pas à l'idée de confier mon âme à qui que ce soit et surtout pas aux psychanalystes, fussent-ils les mieux estampillés (je m'arrange très bien tout seul avec mon âme), autant la moindre douleur, le plus banal enrouement, un bouton sur le nez me mettent en état d'urgence. J'ai un trou sur la langue, des boules sur le cuir chevelu, un point dans le cou, une rougeur suspecte sous le bras, jamais de ces maladies normales dont j'entends parler par toutes sortes de gens normaux, des migraines, des rhumes, des grippes, des bronchites, des angines. Jamais.

Comme il riait, Stéphane, de me voir aux cent coups. Il glissait ses doigts sous ma chemise, posait ses lèvres sur mon cou et je guérissais, bien sûr.

Lorsque je suis malade, ou supposé tel, je me crois unique au monde, je me dis que personne n'a jamais ressenti cette douleur dans la bouche qui m'obsède, que personne n'a jamais eu un trou sur la langue et que le docteur E. n'y pourra rien, que je vais mourir prochainement et que Stéphane ne sera pas là pour me fermer les yeux. Une bronchite, par exemple, m'aurait comblé, mais non ce sera bien plus grave, je n'en doute pas. Le docteur E. a regardé le scanner de mes sinus pour conclure, lui aussi, qu'il n'y avait rien, ce qui s'appelle rien. Il a même négligé « le remaniement muqueux au niveau de l'infrastructure du sinus maxillaire droit ». Me voilà soulagé, je n'ai provisoirement plus mal nulle part, je pourrais bondir de joie à travers le parc, pour une heure au moins je suis sauvé. Je vais pouvoir reprendre « mes écritures », mes chansons et le fil de mon chagrin.

Morterolles, 2 octobre

J'avais écrit une lettre passionnée à Violette Leduc après avoir lu *La folie en tête,* elle ne m'a jamais répondu, elle avait la tête ailleurs, puis elle est morte aussitôt. J'ai écrit à Alain Finkielkraut l'an passé. Il ne me répondra pas. Qu'importe ! Il sera pour d'autres ce que Berl fut pour moi. Cet homme-là ne dit pas un mot, n'écrit pas une ligne qui ne soit incontestable de vérité, d'intelligence, de perspicacité. Il ne se laisse pas démonter par les pleureuses, les citoyens progressistes, les penseurs des « Restos du cœur ».

« Sur l'antisémitisme qui vient », Finkielkraut se surpasse, dépasse nos espérances : « Les danseurs, les gens sympas, l'avenir de la haine est dans leur camp, dans le camp du sourire et non celui de la grimace. Dans le camp de la société métissée et non celui de la nation ethnique. »

Je relève cette envolée dans *L'Opinion indépendante* où chaque semaine Christian Authier, mon copain de Toulouse, plante allègrement sa plume sur le nez des imposteurs, des enfileurs de lieux communs, les sollerstissimes scribouilleurs.

Morterolles, 4 octobre

J'ai chanté au Dôme de Marseille. Le Dôme est une de ces structures d'acier froides comme la mort dont raffolent les municipalités progressistes. Elles le sont toutes, et l'on voit ce que donne le progrès ainsi compris.

« Vous ne pouvez pas vous tromper, m'a dit le gendarme, c'est juste en face du conseil régional. » Ça, en effet, on ne peut pas se tromper, c'est un enchevêtrement de ferrailles, de tubes, de rails, d'escaliers, de tuyaux, de tubulures qui vous racolent de loin. Une « Beaubourerie » bleue. Pas bleue comme le ciel, ni comme les yeux de Jean d'Ormesson, non, un bleu innommable, un bleu qui hurle d'épouvante. L'usine mongolienne d'un détraqué. Un de plus !

Les hommes et les femmes qui ont décidé et voté les crédits faramineux pour faire jaillir au centre-ville cette horreur s'y réunissent maintenant et discutent longuement pour accorder à d'autres architectes fous des sommes folles censées entretenir ce que Le Corbusier appelait la « Cité radieuse ».

Marseille n'a pas le monopole de la vulgarité triomphante, Jean-Claude Gaudin, son maire, est un homme de bonne compagnie, sensible aux arts et aux artistes, il a du bon sens et du caractère, je sais qu'il préfère et de beaucoup l'Alcazar de son enfance à ces fumisteries futuristes. Il n'empêche ! Quant à ma loge au Dôme, elle aurait convenu à la Callas, une suite royale. À ce détail près : la climatisation ne marchait pas, la climatisation ne marche jamais quand il fait 35° à l'ombre. Je me suis donc préparé dans le couloir, seul endroit à peu près tenable. La vie d'artiste est un rêve.

Paris, 5 octobre

Madame veuve Destouches se visite le dimanche soir à Meudon. C'est François Gibault qui invite. François G., l'ami, le maître d'œuvre, l'avocat sans qui rien ne s'arrange.

– Elle reçoit allongée comme Mme Récamier, m'avait-il prévenu, très simplement, tu verras.

J'ai vu ses pieds d'abord, ses pieds nus de danseuse dépassant de la couverture où elle s'était enroulée, et au bout de ses pieds, malmenés par tant de pointes et d'entrechats, le visage lisse de Claire Chazal racontant le monde à la télévision. Madame finissait de dîner en touillant une mixture brune dans une assiette à soupe, un genre de Ron-Ron, pour ses chats. Deux chats. J'aurais dû me méfier. Faut-il être bête pour ne pas penser que des chats nous sauteront dessus quand nous aurons la chance d'être reçus là-haut, à Meudon, où tant de gens voudraient être à notre place. C'était hier. Je n'ai pas pu réprimer un mouvement de recul quand Bébert a glissé entre mes jambes tandis que je baisais la main de Madame. Je me voyais mal passer la soirée à faire des bonds pour échapper aux frôlements, aux miaulements, peut-être même aux griffes de cet animal qui ne sert à rien, sinon à me faire peur. François m'a sauvé en prétendant que je suis allergique aux chats, ce qui peut s'entendre aussi médicalement. Car on passe pour un monstre quand on n'aime pas les chats ; allergique c'est une excuse. « Oui, oui, ça arrive », a dit Madame, compatissante. Ouf !

J'avais envisagé une femme froide, osseuse, fumant des cigarettes sans filtre, une personne plutôt sèche aux joues creuses, une ancienne noceuse que son perroquet rouge et gris appellerait Lucette ; il serait d'époque, dit-on. Madame aussi est d'époque, le fauteuil médicalisé où elle repose ne doit cependant pas nous inquiéter, elle monte encore les marches qui mènent à sa chambre, elle a l'œil vif et le teint clair, la mémoire vagabonde forcément. Madame est née en 1912, le voyage fut long, chaotique, mais elle arrive à bon port, ronde, aimable, la peau douce qui sent le magnolia.

J'avais dans l'idée le docteur Destouches traînant par-là en savates, un mégot aux lèvres, devant la maison, sur cette photo que l'on publie souvent, celle des derniers mois à Meudon où l'on voit de profil un monsieur maigre et dépenaillé. Ce n'est pas du tout l'idée que l'on a des docteurs qui sont généralement des hommes rasés, bien peignés. Pas lui. Ce n'était pas dans ses façons, la coiffure et l'eau de Cologne, il avait écrit des livres terrifiants avant la guerre et marmonnait contre le monde entier. C'est son fantôme que cherchent ceux qui montent à Meudon le dimanche soir. Madame n'est pas dupe ni fâchée de cela, la jeunesse la distrait.

Marc-Édouard Nabe l'appelle Lucette, il n'est plus si jeune, nous non plus mais nous n'oserions pas. Elle-même, d'ailleurs, dit-elle Louis ou Céline ? Elle ne dit rien, presque rien. Elle est la veuve depuis si longtemps qu'elle a déjà tout dit. On ne voudrait pas insister, on est si émus d'être là. Et elle est enchantée de nous trouver si émus à ses pieds.

C'est dans la cuisine du mort que Marie-Ange, une bonne fille un peu grande bringue, avait préparé un petit salé aux lentilles parfaitement mitonné que nous avons mangé à genoux par terre devant une table juste à la hauteur du chien de Marie-Ange, car naturellement Marie-Ange a un chien qui dîne avec nous. La cuisine du docteur était sa chambre et son bureau quand il n'était pas mort.

– Il travaillait là, nous a dit François. *D'un château l'autre* a été écrit là exactement, sur la cuisinière...

Par la fenêtre que les arbres n'avaient pas encore

avalée, il regardait Paris du haut de sa campagne, introuvable aujourd'hui. « Au bois de Chaville y avait du muguet », on ne chante plus de ces bluettes de nos jours, Meudon ça ne dit rien à personne, la route des Gardes ne mène nulle part. La maison qui a brûlé trois fois est rafistolée de partout, replâtrée, recousue. Des portes ne ferment pas, des papiers se décollent, il pleut sûrement sur le bureau du docteur. Le studio de danse que François tient pour un chef-d'œuvre est un souk de matelas empilés, de chaises de jardin rouillées, de paniers d'osier. Partout des paniers d'osier. Une quincaillerie ! À l'étage, Mme Destouches dort sur un matelas de quatre-vingt-dix centimètres, dans une pièce aux senteurs indiennes avec, en guise de chevet, deux tiroirs superposés portant les mentions : banques, assurances, impôts. Elle peut ainsi s'endormir apaisée sur l'état de ses comptes, de ses échéanciers. Lucette est-elle insomniaque ?

Sur le rebord de sa baignoire, il y a un ordinateur pour régler, programmer et minuter la puissance des jets. Un jeu. Ça l'amuse beaucoup, nous expliqua François, notre guide volubile entre les piles de draps et de serviettes-éponge frais repassés, les placards, les potions, les cotons et les pantoufles à pompons.

– Ensuite on l'allonge sur cette table de massage. Le soleil tombe sur le bas de ses reins et on lui passe les enregistrements du *Voyage au bout de la nuit* par le comédien Denis Podalydès.

– Mme Destouches aime beaucoup les chansons aussi, nous précise Marie-Ange. Les écritures de M. Destouches sont passionnantes, mais ça la change de vos chansons merveilleuses et celles des 2 be 3.

Comment raconter cela, cette soirée invraisemblable où nous nous attendions, Philippe et moi, à voir arriver Arletty et Josée de Chambrun qui aimaient tant le docteur ? Oui, comment ?

François m'avait dit : « On dîne chez Mme Céline, viens avec un copain si tu veux. » Si je voulais ? Ce fut donc Philippe le « copain ». Je lui ai téléphoné deux heures avant le rendez-vous : « Décommande tout, lui dis-je, on dîne à Meudon à vingt heures. Tu n'as rien de mieux à faire. »

Ce qui est formidable avec Philippe, c'est qu'il comprend vite, mais il a dû se pincer quand même en arrivant là-haut où des petites filles apprenaient à danser autrefois. Peut-être en fera-t-il le début d'un roman dans six mois, dans vingt ans...

– Forcément, lui dis-je, ça te reviendra, les couleurs, les odeurs, le perroquet, notre effarement, notre jubilation aussi.

– Et toi, qu'en feras-tu dans ton journal de ce dîner « indépassable » ?

Philippe adore ce mot-là : indépassable.

Deauville, 6 octobre

Deauville, Cabourg, Le Touquet-Paris-Plage plutôt que Nice et Monte-Carlo. Il y a des stations balnéaires qui chantent mieux que d'autres pour moi qui n'en aime aucune vraiment.

Deauville donc, sous la pluie. J'ai invité la Baronne à me suivre à l'hôtel Normandy où je n'ai rien à faire, elle non plus, mais je savais qu'elle irait bien avec le décor. Elle m'attendra dans sa chambre en regardant *Les Feux de l'amour* à la télévision, tandis que des jeunes femmes barbouilleront mes fesses d'algues et mes joues de crème de concombre.

Deauville, 7 octobre

Avant que les machines d'imprimerie ne s'emballent, il faut décider vite. J'ai donc décidé de supprimer quelques passages écrits au début de l'année, leur intérêt n'étant plus de saison. Un regret malgré tout, ce mot à mon oreille de la grande Josyane Savigneau du *Monde*, tandis que nous quittions le studio de Guillaume Durand et que je veux graver ici : « Vous savez, cher Pascal, j'ai commencé féministe, je finirai misogyne. »

Miche (c'est ainsi qu'il l'appelait), la blonde et discrète veuve de Jacques Brel, a confié à Michel Drucker que jamais son mari n'aurait toléré que ses filles passent à table en pantalon.

Des mœurs excellentes, mais bien bourgeoises pour un homme qui les trouvait si cons, les bourgeois.

Deauville, 8 octobre

Me revient la voix de Léautaud, le bruit de sa canne frappant les trois coups sur la table du studio où il enregistrait ses fameux entretiens avec Robert Mallet ; la voix de Léautaud courroucé. « Non non non, je vous dis qu'on ne peut pas commencer une phrase par “mais”... ce n'est pas tolérable, pas français. »

Et, pourtant, depuis que je sais cela, je tombe sans cesse sur ces « mais » interdits en début de phrase, même chez les écrivains les mieux distingués. Et cela me saute aux yeux, me donne envie. Je suis tenté, parfois, par cet interdit, pour me reprendre aussitôt, alors que jamais l'idée ne m'en serait venue avant la colère de Léautaud.

Gilles Lapouge, que Pierre S. a interrogé, est catégorique : « Léautaud ne se trompe jamais sur la langue française. »

Deauville, 9 octobre

Bien sûr la mairie et la place de la mairie, impeccables miniatures, ses bancs, ses fontaines du Châtelet, ses trottoirs propres, bien sûr des géraniums aux fenêtres de maisons pas plus hautes que trois pommes, bien sûr des pelouses et des fleurs entretenues au pinceau par des nains de jardin... Deauville, de ce côté-là, a des manières autrichiennes qui nous conviennent parfaitement. On n'est pas ici à La Grande Motte, mais si l'on veut, par hasard, apercevoir la mer il faut enjamber dix, vingt, trente courts de tennis encastrés les uns dans les autres, la coupole métallique du CID, des parkings, des échoppes de fripiers... et puis les planches. Cette promenade de prolétaires, je voulais l'offrir à la Baronne qui est, comme moi, follement démodée. Au bout des planches, enfin, les villas qui longent la plage sur environ deux kilomètres sont toutes plus déglinguées les unes que les autres, rouillées, rongées par le sel et le sable. Traînent sur des pelouses miteuses des jouets d'enfants, ailleurs des chaises longues déchirées. On redoute des réfectoires de comités d'entreprises...

La laideur, le laisser-aller gagnent sur la mer. À qui donc appartiennent toutes ces villas tristes ?

Le colosse belge, qui venait de me masser durant une heure sans ouvrir la bouche, a en fin de parcours cette parole inespérée : « Pour votre âge, vous n'êtes pas trop détruit par le show-business. »

Deauville, 10 octobre

Hôtel Normandy, 22 h 30, le 9 octobre.

« Vous venez de quitter le bar. Je suis à une table voisine. Je brûle de venir vous parler, mais vous êtes avec une amie et n'avez peut-être pas l'envie d'être dérangé... Vous êtes entré ce soir et j'ai pensé : lui ! Voilà pourquoi de manière un peu cavalière, au crayon à papier, je vous écris ce mot sur l'accoudoir du fauteuil. »

Je ne l'avais pas vu arriver, il s'était installé discrètement dans la pénombre du bar. La Baronne m'a dit : « Il y a un beau brun en pull-over blanc qui vient de s'asseoir juste derrière toi. » Je n'avais pas le cœur aux beaux bruns la nuit dernière, encore que si celui-là avait insisté... mais ce n'était pas dans ses manières d'insister. De loin, je l'ai aperçu avant de prendre l'ascenseur, la Baronne a bon goût. Un petit genre romantique et sauvage à la fois, le pull-over de berger, la mèche vagabonde. Et puis cette lettre sur la porte de ma chambre.

Paris, 12 octobre

La Baronne n'a rien entendu. Elle dormait, la bienheureuse qui ne dort jamais mieux qu'à Paris. Le médecin a sonné à l'interphone vers deux heures du matin, il m'a trouvé tournicotant au milieu du salon le thermomètre à la main, un peu tendu certes, mais pas aussi atteint que je le prétendais : 36,6 ce n'est pas une température qui nécessite une hospitalisation d'urgence, paraît-il, les chaleurs sous mon crâne, il ne voyait pas d'où elles venaient, les vagues étourdissements non plus... Il se demandait surtout ce qu'il faisait là, un peu surpris que je l'invite à boire un verre entre Notre-Dame et le Panthéon, face à Paris la nuit dans sa splendeur. Peut-être allait-il me palper ? Non, il n'a pas eu cette envie. Il me regardait sans émotion particulière et moi, naturellement, j'attends des médecins qu'ils soient très émus de m'ausculter, de me sauver la vie.

Ils sont d'ordinaire plus avenants ceux de SOS, celui-là, qui avait un regard de veau, semblait accablé de devoir prendre ma tension :

– 13.8, monsieur. Que voulez-vous que je vous dise ?

– Mon cerveau, docteur, si vous pouviez...

Non, décidément, il ne pouvait rien. J'ai dû insister pour qu'il daigne mettre son doigt devant mes yeux, geste élémentaire de première précaution dans le cas d'un dérèglement des sens... Ce qu'il fit sans conviction, un peu dégoûté de se livrer à cette gymnastique enfantine à la demande d'un patient qui commençait visiblement à l'impatienter.

Soixante-quinze euros ce n'est pas assez, c'est presque ridicule même pour s'entendre dire ceci qui n'a pas de prix : « Dormez tranquille, monsieur. Vous n'avez rien de grave, assurément. »

Paris, 13 octobre

Morlino me raconte que la veuve Louis Nucera faisait partie d'une classe de jeunes filles qui suivaient les cours de danse de Lucette à Meudon, à la fin des années cinquante. Sa meilleure amie avait un amoureux du nom d'Albert Camus, qui se cachait derrière un marronnier. Camus planqué dans le jardin de Céline pour attendre une petite en tutu, si c'est pas du roman, ça...

Bougon ! Voilà le commentaire de dame Octavie. Elle a choisi ce mot-là, « bougon », pour répondre à Pierre S. qui lui demandait ce qu'elle avait pensé des deux cents premières pages de mon journal. On a beau savoir qu'elle n'est pas payée pour aimer notre littérature, « bougon » c'est un peu court. J'ai beau me dire aussi, en éclatant de rire, que Céline n'était pas de très bonne humeur non plus, il n'empêche qu'il m'agace ce « bougon »... qui me va bien pourtant.

Morterolles, 14 octobre

13.8, c'est ma tension à n'importe quelle heure du jour et de la nuit, quel que soit mon état physique et mental. 13.8, le docteur « ça rigole » considère qu'on n'est pas à l'article de la mort quand on a 13,8 de tension. Je l'ai convoqué d'urgence hier, à peine étais-je arrivé à Morterolles, pour qu'il me le confirme, qu'il me palpe.

« Je t'écoute », m'a-t-il dit en s'asseyant sur le

canapé du salon près de la cheminée, car je veux lui expliquer d'abord que je suis au plus mal, après quoi j'attends qu'il me dise le contraire. Je lui ai même caressé le crâne pour qu'il localise l'endroit précis où la tête me chauffe quand je m'échauffe. Lui, il sait d'où viennent mes échauffements, mes étourdissements. Il part du principe que ce n'est rien, qu'une cure de magnésium « fera l'affaire ». Il m'a sauvé de tout jusqu'à présent. Je crois tout ce qu'il me raconte. Ma confiance en les médecins est invraisemblable. En huit jours, de Deauville à Morterolles en passant par Paris, j'ai vu trois radiologues, deux oto-rhinos, deux généralistes, deux dentistes. J'ai téléphoné trois fois à ce bon Roussillat de Chaminadour pour lui extorquer une consultation sauvage des sinus qu'il m'a donnée avec une précision d'entomologiste, et ça n'a pas suffi.

Quand la panique s'empare de moi, que mes neurones s'emballent, il me faut un visage, une voix, une oreille, quelqu'un pour me calmer. Il y a, autour de moi, trois ou quatre intimes qui le pourraient. Stéphane m'avait suggéré de faire publier une petite annonce ainsi rédigée : « Recherche jeune médecin bien de sa personne pour s'occuper de moi à temps complet et plus si affinités. » C'était lui mon médecin. Je ne guérirai jamais de lui. Il y a cinq ans aujourd'hui, je l'embrassais pour la dernière fois sur un lit d'hôpital.

Morterolles, 16 octobre

Du mimosa sur mon bureau, le premier de la saison, les beaux jours ne tarderont pas. Cette fleur, parmi celles que je préfère avec les pivoines et le lilas, annonce l'hiver. Je revis quand la maison embaume le mimosa et que l'on peut espérer qu'il fera froid bientôt.

On m'offre des fleurs le 16 du mois d'octobre, elles arrivent ici par brassées pour lui aussi. Christiane aura occupé sa matinée à recomposer des bouquets comme il les aimait, rouges, ronds, jaunes. Christiane est contente pour moi car elle a entendu passer les grues la nuit dernière, et quand les grues passent, qu'elles s'en vont vers le sud (en caquetant ou en glapissant), c'est très bon signe, nous sommes enfin sorti d'affaire, le soleil ne pourra plus nous brutaliser. Celui qui perce la brume sur les étangs me convient, il allume le réverbère devant ma chambre, la journée sera apaisée, quelque chose en moi se calme. La Baronne et son mari viendront dîner ce soir.

Je vais plutôt mieux ce matin où je serais censé être plus affligé qu'hier, j'ai dominé mes angoisses des derniers jours, une sorte d'allégresse s'est même emparée de moi dès mon réveil. Je suis vivant, c'est un miracle. Infiniment triste, mais vivant. La femme du Duc vient de m'offrir un coq en porcelaine, un coq triomphant dressé sur ses ergots (tout moi selon lui), elle a cueilli des roses dans le parc Jouhandeau que nous irons lui porter au cimetière à la fin du jour.

« Tu viens mon coq, on va faire un tour », me disait-il. Et nous partions en chantant à Saint-Pardoux si joli. Combien de temps vais-je tourner sans lui entre les tombes et les sapins ? Combien de 16 octobre ?

Je voudrais marcher longtemps encore, jusqu'au bout de mon âge, sans presser le pas. Un soir d'ailleurs, je ne le pourrai plus, je me traînerai. Je m'entraîne en attendant à tenir debout sans lui. Un pari d'équilibriste, et je m'étonne que la tête me tourne !

Lulu n'a pas oublié mon anniversaire.

C'est le 16 octobre que Marie-Antoinette a été assassinée. L'Histoire ne commence ni ne finit avec nous.

C'est le 16 octobre, il y a vingt-cinq ans, qu'un cardinal polonais était élu pape Jean-Paul II devant l'éternité. On lui reproche encore d'être contre l'échangisme, les partouzes, l'homosexualité, le mariage des prêtres et les bonnes sœurs en minijupe... Ça les scandalise que le pape ne chante pas la même chanson que les filles de Mme Arthur. « On l'avait espéré plus moderne », a dit un type à la télévision qui avait l'air de croire en Dieu.

« Plus moderne », ils n'ont décidément que ce mot-là à la bouche. Que veulent-ils, un pape tenancier de bordel ?

Morterolles, 18 octobre

Yvette, qui ne m'oublie pas, m'écrit à propos de Bertrand D. : « Vous avez des amis qui vous vont bien. »

À sa lettre elle joint un genre de marque-page fleuri où se trouve imprimée une définition de mon vrai prénom, distrayant charabia que voici :

« Jean-Claude est un homme réservé, très méfiant et prudent ! Il a des principes, une moralité un peu stricte et des scrupules plus ou moins étouffants. Sa vie affective est importante, ainsi que la création d'un havre de paix, et il sera alors toujours prêt à donner beaucoup de lui-même pour avoir l'harmonie autour de lui. Il est à la recherche de la perle rare, d'où parfois... certaines désillusions amères. »

N'y a-t-il que les Jean-Claude qui connaissent d'amères désillusions ?

Jérôme B. de Chambéry fait encore des siennes. Il a décidé maintenant de me faire élire à l'Académie des beaux-arts. Ça va l'occuper un moment.

Morterolles, 20 octobre

« Ni putes, ni soumises », disent-elles. Très bien. Alors pas de voile ni de string à l'école, au nom de la liberté de se cacher la face et de montrer son cul. Au nom de la liberté, qu'on les gifle ces petites pestes et qu'on les oblige à recopier cent fois ce texte prémonitoire de Berl paru dans *Marianne* au printemps 1934. Savent-elles lire seulement ?

« La femme musulmane s'émancipera un jour et ses fils paieront cher la sujétion où elle fut maintenue. Le musulman n'est pas heureux, et il prépare à ses enfants un malheur plus lourd que le sien. Pourtant l'islam est le paradis de l'homme qui a le visage morne des maîtres vainqueurs de harems. Les musulmans jouissent mal de leur domination et les Américains conduisent des autos à cent quarante kilomètres/heure pour oublier la solitude. La musulmane est rongée par l'ennui et l'Américaine dévorée par la révolte, plus névrosée à mesure que son triomphe s'affirme mieux. Le musulman livré à la bestialité et l'Américain accablé par le surmenage. Le couple européen marche entre le précipice américain et le précipice musulman, toujours à la veille de tomber, soit dans l'un, soit dans l'autre. »

Morterolles, 21 octobre

Hier, dans la salle de la mairie de Saint-Étienne-de-Fursac où je signais mes œuvres complètes, une petite fille m'a demandé quel était mon livre préféré lorsque j'avais son âge. Je suis resté coi, incapable ni de lui répondre ni de lui mentir. J'ai eu beau faire un effort de mémoire, je n'ai pas retrouvé la moindre trace d'un livre dans ma chambre d'enfant, moins encore d'une bande dessinée. À dix ans, je lisais *Cinémonde* et le *Canard enchaîné* de mon père, j'écoutais les chansons de Dalida, de Gilbert Bécaud, rien ne m'ennuyait comme la littérature enfantine, celle que nous proposait nos instituteurs allait, et va encore je le crains, du *Petit Prince* aux *Quatre Mousquetaires*, ces niaiseries officielles qui ont dégoûté du bonheur de lire tant de générations. Je ne m'y suis pas laissé prendre. En fait, les livres n'ont commencé à m'intéresser qu'à l'adolescence, le Grand Meaulnes, ce benêt, ne m'a pas eu avant, il m'a vite lassé d'ailleurs. Il n'était pas mon genre, Yvonne de Galais non plus.

La petite fille ouvrait des yeux ronds en suçotant son crayon devant ce monsieur (moi), un écrivain qui ne lisait pas de livres quand il était petit. Je ne lui ai pas avoué cela, je lui ai dit que je ne m'en souvenais pas, qu'elle était loin mon enfance. Elle m'a sûrement trouvé bien vieux.

L'homme jeune, mince et sec, m'a dit : « Monsieur, votre journal est passionnant, vos goûts et dégoûts littéraires sont les miens, vos pages dénonçant l'ingratitude des conseils municipaux de Guéret à l'endroit de Marcel Jouhandeau me ravissent, je les photocopie et les fais suivre aux intéressés, mais quelques lignes m'ont offensé quand vous écrivez : il n'y a plus de libraire à Guéret, car je suis libraire dans la galerie marchande de la place Bonnyaud. »

Et de deux ! Ma provocation aura eu le mérite de faire sortir du bois les libraires de Chaminadour, mes alliés désormais.

Paris, 26 octobre

On n'habitera pas quai François-Mitterrand, ce n'est pas une adresse, juste un couloir d'autobus, un passage. Personne ne va flâner par-là où il n'y a rien à voir que le pot d'échappement des voitures en cortège ronflant. Non, nous n'aurons jamais rendez-vous quai François-Mitterrand, les amoureux s'arrêteront un peu avant dans les jardins des Tuileries. Il nous suffira de penser qu'il existe quelque part à Paris, c'est mieux que rien. Mazarine trouve que l'endroit est bien choisi, qu'il convient parfaitement pour honorer la mémoire de son père qui aurait eu quatre-vingt-sept ans aujourd'hui. Un certain « content-sot », conseiller vert, le trouve, lui, « monarchique » à souhait.

Bertrand m'avait fait inviter à la cérémonie qui s'achève à l'instant, je n'y suis pas allé.

Je lui dirai pourquoi, lorsque nous nous verrons seuls.

Paris, 27 octobre

L'exception qui confirme la règle de trois. Il m'a demandé s'il pouvait amener sa « copine ».

— Elle voudrait voir comment ça se passe entre deux mecs...

J'ai dit oui. Elle a vu. Elle a voulu sa part. Elle l'a eue. Tant de bonne humeur dans un monde de brutes ! Il y a des nuits comme ça où tout enfin devient simple et gentil. Le temps d'un désir, d'un soupir, d'une gifle. Trois fois rien. Un jeu.

Pour définir ces hommes sans complications, disons « sexuellement enjoués », Anny Gould, qui en a connu beaucoup dans les coulisses des music-halls, dit d'eux qu'ils sont « un peu boxeurs, un peu barmen ».

S'il est une expression réjouissante c'est bien celle-là que je ressers avec un succès fou : « un peu boxeur, un peu barman ».

Ça peut donner des idées aux indécis.

Paris, 28 octobre

Pique-nique dans mon île où la parité n'est pas obligatoire. Constance de Bartillat incarnait à elle seule la femme dans son bel âge, ronde, parmi une douzaine de « mauvais garçons » fins lettrés, aussi politiquement douteux que moi. Paucard et Frédéric Dutourd en hérauts inconsolables du maréchal Staline furent parfaits. Avec Éric Zemmour, nous nous sommes bien entendus sur le dos de l'impossible Mme Guigou député du 93, ce qui est une « rigolade ». « Indépassable », a dit Philippe qui ferait mieux de se taire, lui qui a voté écologiste aux municipales.

Devant le buffet dansait Charles F., ce jeune homme vif comme l'éclair fait ma joie décidément. Je n'en connais pas d'autres capables de citer Marx et Maurras (si nous préférons Spinoza, il peut aussi), et d'enchaîner sans souffler les chansons du répertoire de... Jacqueline François.

— C'était, je crois, une chanteuse à la mise en plis impeccable.

Comment sait-il cela que personne n'avait remarqué ? Jacqueline François avait toujours l'air en effet de sortir de chez le coiffeur.

Charles sait tout et il s'en excuse. « Je crois », dit-il. Ce « je crois » timide et vicieux c'est celui du premier de la classe qui joue au cancre.

Il y avait aussi Christian et Sébastien, parmi d'autres bons élèves, et François Gibault notre cher maître accompagné (il l'est souvent) de jeunes gens à la carrure formidable, avenants à s'y tromper. On se trompe d'ailleurs. Les gaillards d'hier, Karim et Philippe, sont avocats et l'on imagine que les femmes les trouvent irrésistibles et qu'ils ne leur résistent pas. François, que nous aimons tant, est masochiste au-delà du raisonnable, il s'interdit tout ce qui est bon. « On regarde mais on ne touche pas » est sa devise. Elle ne me va pas du tout. Moi, je touche qui passe à portée de ma main.

J'avais réuni ce joli monde autour de Paul-Marie Coûteaux qui a de la France la même idée que moi, que nous. Dans sa critique du *Point* cette semaine, François Dufay le traite plaisamment de « mécontemporain ». Bien vu ! Il est député européen pour défendre « notre cher et vieux pays » à Bruxelles où des types palabrent et décident finalement qu'Istanbul et Barbezieux c'est le même pays. Ben voyons ! Nous aurions pu y penser plus tôt ! Il faut être incultes comme nous le sommes pour n'avoir pas vu cela qui saute aux yeux. Si nous avions un tant soit peu de jugeote, nous aurions compris que le Bosphore et la Charente c'est la même chanson. Nous ne pardonnerons jamais à nos maîtres de ne pas nous avoir appris que la Turquie est en Europe et Moscou probablement en Afrique du Nord.

Paul-Marie Coûteaux ne restera pas longtemps au Parlement européen où les inutiles sont majoritaires. La partie perdue il se retirera dans ses terres en Poitou. Comme moi à Morterolles, il boudera le monde qui ne vaut pas cher.

— Écrivez sur la politique, sur la France, m'a-t-il dit. Vous, au moins, pourriez dire des choses qui nous feraient pendre...

Une belle brochette de pendus hier au soir à la maison. Avant de mourir pour nos idées nous chanterons en chœur avec Charles Ficat *Les Lavandières du Portugal.*

Morterolles, 2 novembre

J'allais lentement, place de l'église, la femme du Duc venait de fermer ses volets, les premières cheminées de l'hiver embaumaient le bois qui brûle, c'était bien. En m'apercevant, ombre parmi les ombres, les gendarmes qui passaient par-là en « ronde de nuit » ont fait demi-tour pour me saluer. Nous avons bavardé quelques instants. Le jeune et fringant capitaine D. m'a assuré que le pays était calme et que je pouvais rentrer dormir tranquille, qu'ils étaient là si j'avais besoin d'eux.

J'aime beaucoup l'idée que les forces de l'ordre veillent sur moi, que rien ne peut m'arriver, que Morterolles n'est pas en état de siège.

Morterolles, 3 novembre

Aymeric, le secrétaire de Jack Lang, fait maintenant l'artiste dans des granges du bas Berry où il déclame des poèmes de Bernard Dimey accompagné par un accordéon. Lui, un jeune homme si propre et bien coiffé, travesti en ivrogne ou en fille de joie ! Sait-on jamais les démons qui habitent nos garçons les mieux élevés ? La saison prochaine, il donnera lecture des lettres de prison de Lucien Rebatet. « Elles sont splendides, me dit-il. Je vais te les envoyer, pas très socialistes, mais on s'en fout. » Ça oui !

En fait, Aymeric est de moins en moins secrétaire de Jack Lang, mais il déjeune avec lui et sa femme, le mercredi de préférence. Il voue à Monique une passion proustienne. Chaque fois qu'il me téléphone nous parlons d'elle et de son « ministre », Aymeric pense comme moi que Jack n'avait rien à faire parmi le public des admirateurs de Laurent Fabius l'autre soir à la télévision.

— Sa loyauté le perdra, me dit-il. Au fond, c'est un bon petit soldat, il rentre toujours dans le rang. Songe qu'il n'a pas refusé de prêter son carnet d'adresses à Jospin. Je ne sais pas si tu te rends compte : à Jospin !

Morterolles, 4 novembre

Les héritiers d'Emmanuel Berl m'ont proposé de me vendre à « bon prix » son bureau de la rue Montpensier où je l'ai vu si souvent occupé à « mettre de l'ordre dans ses idées ». J'ai refusé naturellement. Je n'achète pas mes souvenirs. Bernard Morlino vient de l'acquérir et c'est très bien ainsi. Il m'a appelé aussitôt pour me dire son émotion. Il ne pleurait pas, mais il pleurait...

— Tu te souviens ?

Si je me souviens ! Nous fûmes deux élèves éblouis devant ce bureau de bois encombré de cahiers, de livres, de pipes en terre, de crayons noirs par dizaines, de cendriers, du fameux bouquet d'anémones... et d'un coupe-papier en ivoire.

— Tu te rends compte, me dit Bernard, je vais écrire maintenant sur le bureau de Théodore... Je l'ai juste épousseté.

Bernard dit « Théodore ». Ce prénom clownesque inventé par Mireille, sa femme, ne passe jamais sur mes lèvres. Je lui préfère Berl, moins familier. Bernard lui voue une passion quasi mystique. Je ne vais pas jusque-là, mais ce n'est pas par hasard s'il y a tant de crayons à papier sur mon bureau où Stéphane déposait des anémones qu'il allait cueillir pour moi le dimanche matin au marché des Abbesses.

Ce que Berl m'a laissé, ses héritiers ne me le reprendront pas. Je les ai bien connus autrefois, ils sont en réalité ceux de Mireille. Le légitime, D.B., qui fut mon premier copain au Petit Conservatoire, m'a offert le coupe-papier en ivoire, me faisant promettre de n'en rien dire, comme s'il avait volé un trésor pour moi.

Je ne demandais rien. Je ne demande rien.

Morterolles, 5 novembre

Les hommes en général ont la mémoire défaillante, les héritiers plus encore. Ils trouvent toujours de bonnes excuses à leur négligence, leur mesquinerie, leur ignorance.

Serge T. se souvient, horrifié, du grand feu qui brûlait des cahiers, des photos, des livres dans le jardin de Jouhandeau à Rueil-Malmaison, deux jours après sa mort. « On se débarrasse de la paperasse », lui répondirent les pyromanes ahuris, et il se scandalise, vingt-cinq ans plus tard, qu'il n'y ait jamais une fleur sur la tombe de l'écrivain au cimetière Montmartre où il s'est rendu le jour de la Toussaint déposer une rose.

— On peut à peine lire son nom, la gravure dorée s'effrite, la pierre est sale, c'est terrible... Son fils quand même, un chrysanthème une fois par an...

Ce silence gris après les flammes de l'enfer, Jouhandeau l'aurait évité, et s'il n'avait cédé à Élise, c'est à Guéret qu'il reposerait.

Mes héritiers n'auront pas le loisir de faire brûler ma « paperasse », j'allumerai le feu moi-même avant la nuit.

Morterolles, 6 novembre

Dimanche dernier, à ce bureau, j'écrivais pour Stéphane à la minute même où des millions de gens le voyaient (certains pour la première fois) sourire et chanter à la télévision. Ces images de lui, si belles que je n'ai pas eu la force de les regarder, je les connais par cœur. J'étais suspendu à ses lèvres. C'est aux studios à Saint-Ouen que fut prise, ce jour-là de 1995, la photo de ses affiches, celle qui orne en médaillon sa tombe aujourd'hui.

Stéphane a chanté aussi dans ma voiture le 11 mars dernier. Je n'ai pas trouvé de mots pour noter à cette date, dans ce journal, le choc que fit dans mon ventre, dans ma tête, sa voix sortant brusquement des baffles à la suite d'une erreur de manipulation de ma part. J'avais placé l'un de ses compact-disc dans le boîtier pour le jour où... Ce fut le 11 mars donc, sur la route départementale qui va de Morterolles à Bellac, j'étais seul au volant. Je n'étais pas préparé à ça : sa voix gouailleuse et sensuelle. Mon Dieu, qu'il chantait bien ! J'avais oublié qu'il chantait si bien. J'ai garé ma voiture au bord d'un bois de châtaigniers et je l'ai écouté un peu, doucement puis de plus en plus fort. Je voulais l'entendre chanter à tue-tête et ensuite doucement à mon oreille, pour moi tout seul. Maintenant je peux. Je n'en abuse pas, mais je peux. Le voir, me saouler de lui sans défaillir, quand le pourrai-je ? Philippe l'a vu.

De Paris, le dimanche 2 novembre

« Mon Pascal,

« Il est treize heures, ce dimanche, ciel gris par la fenêtre. Un homme, si jeune encore, vient de chanter dans le poste de télévision. J'ai beau avoir vu les photos chez toi, avoir lu les pages qui parlent de lui, l'avoir senti souvent dans tes silences, j'ai quand même été abasourdi par sa beauté, par l'intensité de sa présence, par sa vitalité aussi malgré l'ombre furtive d'une résignation dans son regard.

« Je pourrais t'appeler pour te dire cette surprise, cette secousse, mais j'y renonce. Je ne trouverais pas les paroles qui conviennent et tu ne saurais pas les entendre, peut-être. Je préfère écrire et te laisser à la solitude. L'écriture et la solitude, c'est cela que nous faisons de mieux, toi et moi, n'est-ce pas ?

« En ce jour des morts, Stéphane est vivant puisqu'il chante, rayonnant, sur une plage de Saint-Malo. En ce jour où le noir est de rigueur, un soleil blanc nous fait croire, au moins pour quelques instants, que la jeunesse est indestructible.

« Je t'embrasse. »

Sa vitalité aussi malgré l'ombre furtive d'une résignation dans son regard.

C'est lui, exactement lui.

Morterolles, 7 novembre

Des sacs-poubelle gris et bleus sur le trottoir de la maison d'en face, devant l'ancien lavoir. Les héritiers, arrivés du Nord ce matin, s'affairent à entasser deux vies. Vite. Les éboueurs passeront demain.

Je ne les ai jamais vus nos voisins si discrets, morts l'un après l'autre sans déranger personne. Le monsieur avait offert à Stéphane des tomates de leur jardin, le seul signe de vie qu'ils nous donnèrent en dix-huit ans. Une ampoule au plafond de la cuisine, parfois une silhouette derrière les rideaux, la voiture du docteur plusieurs fois par semaine, pas d'autres visiteurs. Une ambulance, parfois.

Les héritiers font le ménage. Les vieux ne jettent rien, ni les papiers de la Sécurité sociale, ni les factures du gaz, ni les boîtes de médicaments périmés. Dans des cartons à chaussures, il y a les photos de leur mariage, sur le buffet de la salle à manger celles des petits-enfants.

Les relevés des mutuelles d'assurances, les prospectus de publicité pour la porcelaine de Limoges, les héritiers n'en veulent pas. Il ne faut rien garder, ne rien laisser traîner après nous. Je pense au grand feu dans le jardin de Jouhandeau qui désola Serge T. Il est fatal !

Morterolles, 8 novembre

Des coussins bleus, des abat-jour, des serviettes-éponge, des doubles-rideaux, un peu de vaisselle : à la brocante ! La balance de Stéphane aussi, les draps de son lit avec. Ginou les vendra pour quelques sous, ces misérables chiffons, nos trésors intimes.

À quoi bon les offrir ? Le Secours populaire ne sait plus quoi faire des vêtements qu'on lui donne. Personne ne veut plus porter nos costumes de l'année dernière, ni pleurer dans nos mouchoirs, fussent-ils en soie.

— Les pauvres ont des exigences insupportables, m'a répondu un responsable d'une association d'aide « aux plus démunis ». Les jeunes, surtout, n'acceptent que les marques, et encore, pas n'importe lesquelles.

J'aurais voulu faire plaisir à quelqu'un, donner à une ou deux familles des meubles, de la literie, du linge de maison, à un homme de ma taille des chemises et des pull-overs.

On m'a conseillé de me tenir tranquille. On retiendrait contre moi le moindre geste de charité. Les démunis ont leur fierté, quand même ! Il s'agit de ne pas les vexer. Ils accepteraient, à la rigueur, votre téléphone portable car ils n'en ont que deux, votre lecteur de DVD, s'il est plus récent que le leur, quant à vos mocassins Weston, ils ne valent rien à côté de leurs Nike.

On dira que je force un peu le trait sur un sujet censé tirer des larmes aux bonnes gens. Sans doute, mais je ne pleure pas sur commande. Et si je donne ma chemise, j'aime autant que l'on ne me reproche pas sa coupe et sa couleur. Sans cela au feu, à la poubelle, à la brocante.

Si je m'écoutais, c'est tous les quatre matins que je viderais mes armoires. Ma hantise de l'inutile, du superflu. Pourquoi garder des pantalons de quand nous étions minces ? Nous ne le serons plus jamais.

Morterolles, 9 novembre

Deux jeunes femmes, qui n'ont peut-être pas trente ans, me suivent partout où je passe. Une blonde ronde aux joues fraîches, une brune mince au regard intense. Depuis plusieurs mois maintenant, je les remarque au premier rang, recueillies comme à la messe. Discrètes, elles passent sous mes fenêtres, elles m'envoient des chemises, du champagne, des pullovers, des livres de Jouhandeau. Je ne sais rien d'elles, ni ce qu'elles me veulent. Elles ne me parlent pas. C'est à peine si elles répondent à mon étonnement de les voir encore là où je ne les attendais pas. Avant-hier encore, dans un hameau de Lozère, demain à Brive probablement, où je signe mes livres à la foire. Elles ne dorment jamais loin d'où je dors. N'ont-elles pas de famille, pas d'amants ? L'été dernier, on les a vues se promener autour du parc, donner du pain aux ânes. Aïda leur a fait visiter la propriété. Je les croyais de passage sur la route de leurs vacances, vers un camping du Var. Je me trompais, elles ont loué à l'année, me dit-on, un gîte rural à Bersac, le charmant village où la veuve du docteur B. a sa maison. Elles se plaisent tant dans la région qu'elles sont allées ce matin acheter une station-service à Châteauroux. C'est Vincent qui vient de m'apprendre la nouvelle. Je l'avais chargé de porter « aux filles » un mot de remerciements et une invitation à venir assister, mercredi prochain, à la plantation des sapins que j'offre à la commune pour entourer la croix de sainte Anne devant mon portail, un endroit désolé que je voudrais moins désolant. Vincent, qui attache la plus haute importance aux missions que je lui confie, tenant le moindre de mes désirs pour une affaire d'État, vient de m'annoncer, avec une mine de conspirateur, qu'il avait loupé « les filles » à deux minutes près, qu'elles venaient juste de partir. Vincent, qui a un avis sur tout, la vache folle et le réchauffement de la planète, est dépassé :

— Faut pas chercher à comprendre, c'est comme ça, me dit-il.

On imagine beaucoup de choses à propos des inconnus qui nous aiment, on échafaude des scénarios délirants ou coquins, on leur invente des vies extraordinaires, mais jamais on ne pense qu'ils ont acheté une station-service à Châteauroux.

Morterolles, 10 novembre

Il y a cette photo de toi, mon amour, que j'ai posée un jour devant nous sur la cheminée du salon. Elle n'en bougera plus, je ne la quitte pas des yeux. J'ai simplement fait changer le cadre, qui était noir, pour du cuir fauve en harmonie avec les couleurs de la maison. Moins triste. C'est Daniel, le fiancé de Minouche, qui t'avait surpris en grande conversation avec tes chevaux, un matin de l'automne 1988 probablement. On te voit de profil, le cou tendu, le nez en l'air, la lippe canaille que tu prenais quand tu étais joyeux ou que tu allais faire une bêtise, et tu en faisais souvent. Tu étais un garnement, mon amour, un ange intenable que j'ai tenu pourtant la tête sur mes genoux. Sage comme un ange. Tu ne voulais plus bouger de là, tu voulais dormir là et te réveiller sous mes doigts, certain que là tu n'allais pas mourir.

Chaque nuit en allumant puis en soufflant la petite bougie qui tremble sur tes yeux, je te parle, un mot ou deux, de ces mots rien qu'à nous que personne ne comprenait. Si je ne suis pas trop défait, je pousse doucement notre cri de ralliement, celui du coq sur ses ergots que tu imitais si bien pour te moquer de moi quand tu n'en pouvais plus de m'entendre te répéter : ne roule pas trop vite, ne rentre pas trop tard, surtout ne prends pas froid, n'oublie pas ton écharpe et tes médicaments.

Sur ta bouche, j'ai laissé mes cris de colère et de joie : sur ta bouche, je suis mort au même instant que toi. Je fais encore le mirliflore à la télévision et sur scène, les foules qui me suivent m'emportent au-delà de mon chagrin, je vole au-dessus d'elles tout content de leur plaire, mais je suis seul, définitivement seul. Personne ne m'attend à la maison.

Je n'ai plus de larmes, mon amour, tu les as toutes bues. Je n'ai plus rien à dire à personne, je t'ai tout dit. J'ai des désirs encore, mais les garçons que j'embrasse n'ont pas le même goût que toi. Certains m'émeuvent, la plupart me vouvoient, et c'est bien ainsi. Oh, je ne dis pas qu'ils se battent, qu'ils couchent sur mon paillasson, mais enfin... ils ne me fuient pas. L'un d'eux, à qui j'expliquais hier au soir au téléphone qu'il prenait des risques en se montrant si affectueux et pour tout te dire si pressant, m'a répondu : « Vous méritez mieux que moi. » Il est charmant, pourtant il a raison, c'est toi que je méritais.

Cette fierté que tu avais de m'aimer et d'être aimé de moi, c'est l'amour même. Une grâce inimaginable. Je suis trop lucide pour espérer qu'un jour elle me sera rendue, alors j'écris, j'écris comme un damné. Je ne me demande jamais si tu m'aimerais encore aujourd'hui, j'en suis sûr, cette certitude est ma gloire. Tu poserais tes lèvres sur mes rides, tes mains sur mon ventre et j'irais mieux, car je ne vais pas bien mon amour, je ne suis pas beau à voir le matin, moins flambant que sur mes affiches. Dans tes yeux, je ne serais pas devenu vieux.

Je me redresse pour que tu ne te fâches pas, je donne le change. On pourrait me croire guéri, moins bouleversé. Il m'arrive parfois de faire le fou, ça amuse mes musiciens. Ils se disent en me voyant danser sur scène que je ne suis pas perdu, que l'aventure n'est pas terminée. Nous parlons de toi à table après les spectacles, tu es dans tous nos souvenirs. Ton copain Zinzin, toujours aussi frimeur, est au bord des larmes quand il s'agit de toi. Laurent, le gentil guitariste qui n'a pas connu ces jours d'allégresse où nous étions si heureux tous ensemble, n'en revient pas de tant d'amour pour toi.

Je ne confie mon chagrin que discrètement, uniquement à ceux que tu aimais ou que tu aimerais. Le Baron regrette bien de ne pas t'avoir connu. Il le dit souvent. « Je me serais bien entendu avec ce gars-là... » Ce gars-là, c'est toi mon amour, celui que l'on m'envie d'avoir tenu, serré dans mes bras. Des gens de partout ont défilé à Saint-Pardoux. La Toussaint par ici est une fête et les cimetières des champs de fleurs. Ma mère et ma sœur Jacqueline en ont planté pour toi de très rares, des clochettes rose pâle, d'apparence fragile, qui ont bien résisté au gel de la nuit dernière.

Avec quel autre que toi pourrais-je m'émerveiller de la beauté des fleurs ? C'est toi qui m'as appris à les regarder. Combien d'automnes encore nous séparent ?

Morterolles, 11 novembre

« Dimanche, je suis allé à l'enterrement de Mme Fontaine et le dimanche a été moins triste. Il faut voir un peu de monde de temps en temps. »

Cette définition possible du bonheur, bientôt elle me suffira.

Au soir d'une vie, quand tout est dit ou presque, on voudrait écrire cela sans trembler ni se plaindre de rien que du temps qu'il fait.

Les lettres de Marie Blanchet à son fils sont ma bible. Son détachement miraculeux, mon intention la plus douce. Je n'envisage pas de plus beau triomphe sur la mort que celui-là qui tient en quelques mots impensables : « Dimanche, je suis allé à l'enterrement de Mme Fontaine et le dimanche a été moins triste. »

DU MÊME AUTEUR

AUX ÉDITIONS ALBIN MICHEL

Le passé supplémentaire
Prix Roger Nimier, 1979

Vichy Dancing

Un garçon de France

Souvenirs particuliers

Tous les bonheurs sont provisoires

Je me souviens aussi

Mitterrand, les autres jours

La vie sans lui

Des lendemains de fêtes

On dirait qu'il va neiger

Lentement, place de l'église

Composition Nord Compo
et impression Imprimerie Floch sur Roto-Page
en décembre 2003.

N° d'impression : 58812.
N° d'édition : 22095.
Dépôt légal : janvier 2004.
Imprimé en France.

Pascal Sevran

On s'ennuyait le dimanche

« Chaque année en hiver, il m'expliquait la différence entre les clémentines et les mandarines. Il jetait les écorces dans le feu de la cheminée, le salon embaumait l'odeur piquante et sucrée des fruits, et des pétales de roses séchées qu'il conservait dans un panier d'osier posé sur le radiateur de la cuisine. Il y avait des noix de son verger et des branches de houx.

Noël approchait. Nous étions heureux et nous savions pourquoi. »

9 782226 149718

60 8274 7
ISBN 2-226-14971-6

18 € TTC